아닌 것도 아니고
아닌 것도 아니고도 아니고

사이펀 현대시인선 22

아닌 것도 아니고 아닌 것도 아니고도 아니고

© 2024 강준철

초판인쇄 | 2024년 5월 01일
초판발행 | 2024년 5월 10일

지 은 이 | 강준철
펴 낸 이 | 배재경
펴 낸 곳 | 도서출판 작가마을
등   록 | 제 2002-000012호
주   소 | 부산시 중구 대청로141번길 3, 501호(중앙동, 다온빌딩)
        서울시 도봉구 도당로 82 (방학동, 방학사진관 3층)
        T. 051)248-4145, 2598 F. 051)248-0723 E. seepoet@hanmail.net

ISBN 979 - 11 - 5606 - 257 - 8 03810   정가 12,000원

※ 본 도서는 2024년 부산광역시, 부산문화재단 지역문화예술특성화지원 '부산문화예술지원
   사업'으로 지원을 받았습니다.

사이펀현대시인선 22

아닌 것도 아니고
아닌 것도 아니고도 아니고

강
준
철
시
집

도서출판
작가마을

시는 새로워야 한다. 나무가 해마다 새싹을 내듯이. 그런 의미에서 시는 실험이다. 그래야 재미가 있다.

모든 것은 고정불변이 아니다. 진리의 역도 진리다.
창조는 융합하고 새롭게 바꾸는 것이다. 그래서 나는 사물을 맨눈으로 볼 것이며, 관계의 짜임으로 볼 것이다.
모든 것에 질문을 던지고 그걸 뒤집을 것이다.

모든 것은 언어적 구성물이라는 주장을 수용한다. 기표가 기의를 생산한다. 그러므로 세계는 추상적 관념들의 조직에 지나지 않는다. 따라서 우리는 실재와 떨어져 가설 속에서 살아간다. 이것은 비극이다. 이 비극에서 벗어나기 위해 우리는 분투한다. 이것이 전위시다. 모든 의미는 차연되고, 불확정적이며, 세계는 하나의 텍스트다. 그리고 모든 문학작품은 상호텍스트적이다. (이승훈, 『포스트모더니즘 시론』, 세계사, 1997, 참조.)

되풀이되지만 아래의 말을 강조하고 싶다.

존재자는 어떻게 존재하는가? 둘이면서 하나이다. 대립하면서도 화합한다. 상극상생, 모순의 통일, 양자역학의 이론이 존재의 참모습일 수 있다. 그러므로 문학도 이런 양태로 존재해야 한다고 생각한다.

사물(실재)에는 경계(차별, 구분)가 없다. 모든 것은 평등하다. 그러므로 경계를 허무는 시, 일체의 대립적인 것을 해체하는 시, 이것이 전위시의 지향점이다.

시가 둘이면서 하나가 되는 구조가 될 때 시가 인간을 해탈할 것이다.

내가 지금까지 써 온 전위시를 일단 정리해 보았다.

나는 한국시의 변혁을 갈망한다.

2024. 봄
작은돌 강준철

강준철 시집

• 차례

아닌 것도 아니고 아닌 것도 아니고도 아니고

siphon

강준철 시집

siphon

강준철 시집

아닌 것도 아니고 아닌 것도 아니고도 아니고

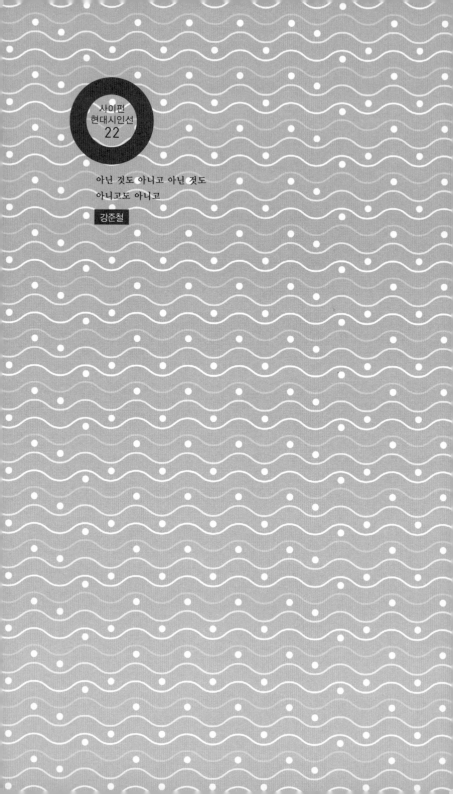

사이펀
현대시인선
22

아닌 것도 아니고 아닌 것도
아니고도 아니고

강준철

1

하늘 아래 새로운
문학은 없다

보나마나믿으나마나

크라비트
(레보플록사신수화물)
Cravit ophthalmic solution 1.5%

■ **효능 · 효과**
　(적응균종)
이 약에 감수성이 있는 포도상구균속, 연쇄상구균속, 폐렴구균, 소구균속,
장구균속, 코리네박테리움속, 슈도모나스속, 스테노트로포모나스(산토모
나스) 말토필리아, 녹농균, 헤모필루스 인플루엔자, 헤모필루스 이집티우
스(Koch-Weeks), 모라셀라속, 세라티아속, 클렙시엘라속, 프로테우스속,
모르가넬라 모르가니, 아시네토박터속....
　(적응증)
안건염, 맥립종, 누낭염, 결막염, 검판선염, 각막염, 각막궤양, 안과 수술
시의 무균화요법(한국센텐제약㈜)

＊ 박사도 알 수 없는 기표들의 춤사위.

○ 가장 오래 산 사람의 순위
1위 므두셀라 969세, 2위 아랫 962세, 3위 아담 930세, 4위
셋 912세, 5위 게난 910세, 6위 에노스 905세, 7위 마하랄
렐 895세, 8위 라멕 777세, 9위 에녹 365세.

※ 의사와 약사가 없어야 오래 살 수 있음. 단, 여호아는 나이를 발견할 수 없었음.

○ 가장 늦게 아들을 낳은 사람
1위 므드셀라 187세, 2위 라멕 182세, 3위 아랫 162세, 4위

아담 130세, 5위 셋 105세, 6위 에노스 90세, 7위 게난 70세, 8위 마하랄렐 65세. (이상, 구약성서, 참조)

※ 이게 무슨 소리냐?

축제의 밤, 청춘이 질식당했다
서울 이태원 '핼러윈 참사' 최소 154명 사망
대부분 20대
(조선일보 혹은 중앙일보 – 2022년 10월 31일 월요일)

반려견 숨져도 장례휴가
MZ세대 눈높이 복지 는다
반려동물 장례를 치르는 직원에게 장례 휴가를 지원하는가 하면, 반려동물을 기르는 미혼자에게는 빈려동물 수딩을 지급하기도 한다. (중앙일보 – 2022년 8월 22일 월요일)

코로나 19 사망자
코로나 신규 확진자가 11만 994명을 기록한 21일 오전 서울 중구 국립중앙의료원에서 119구급대원들이 코로나19 중증환자를 음압병동으로 이송하고 있다. (연합뉴스)

※ 언어가 나를 바보로 만들고 있구나. 허허! 할 때가 아니다.

* 제목은 의도적으로 붙여 씀.
* 이 작품은 혼성모방 작품임.

'그 꽃'*패러디

1. 천천히 갈 때
   보았네
   빨리 갈 때
   보지 못한
   그 꽃

2. 앉으니
   보이네
   서 있을 때
   보지 못한
   그 꽃

3. 침묵하니
   보이네
   말 많을 때
   보지 못한
   그 꽃

4. 배고프니
   보이네
   배부를 때
   보지 못한
   그 꽃

5. 늙으니
   보이네
   젊었을
      때
      보지
      못한
      그 꽃

6. 비우니
   보이네
   채웠을
      때
      보지
      못한
      그 꽃

* 고은.

풍류도風流道

너와 내가 바람이 되고 물이 된다는 것인가?
가지에 걸리지 않고 바위에 막히지 않고
어디든 가고 싶으면 마음대로 간다는 거겠지
만약 네가 새가 되고 싶다면
바람과 물이 될지어다
한 잎 나뭇잎배가 되어 무심한 달빛 가득 싣고*
간들거리며 대양으로 흘러갈지어다
그리하여 바다 밑 아름다운 물고기가 되거나
꿈꾸는 산호초가 되거나
증발하여 하늘에 오르거나
냇물을 사이에 두고 나무 등걸을 타고 앉아**
술을 한 잔 하거나
소의 잔등에 올라 피리를 불거나***
도포 자락 잡아 올리며 버선발을 들어 춤을 추거나****
묏버들 갈해 꺾어 님의손대 보내거나*****
푸른 산 위 두둥실 떠올라 벽계수*****를 부르거나
아무리 시절이 하수상해도 매화꽃을 피우거나*******
다정도 병인 양하여 잠 못들어 하거나********
에헤야 데헤야 지화자
세월은 아으 동동動動다리*********, 강물에 띄워 보내고
님과 나와 어러주글만뎡 정 둔 오늘 밤**********

만전춘滿殿春에 꽃 꺾어 산 놓고**********

　　　　술이나 한 잔 하세 그려

멀위랑 다래랑 먹고 청산에 살으리랏다***********

* 월산대군의 시조, 참조.
** 나무위키, 블러그 등, 참조.
*** 흔히 볼 수 있는 그림을 보고.
**** 학춤이나 승무를 보고 표현.
***** 홍랑의 시조.
****** 황진이의 시조.
******* 김상헌과 매화의 시조를 혼성하여 변형.
******** 이조년의 시조.
********* 고려속요, 「동동」.
********** 고려속요, 「만전춘별사」.
*********** 정철의 「장진주사」.
************ 고려속요, 「청산별곡」.

※ 이 작품은 혼성모방 작품임.

한 번만 더

아, 옛날이여

지난 시절 다시 올 수 없나 그날*
한 번만 더 웃고 갈게요

아! 그날이여

바위를 물들이던 진달래꽃 한 번만 더 보고 갈게요
감꽃 목걸이 걸어주던 순이
피라미 잡던 냇가의 그날
까마득한 미루나무 우듬지에서 깔깔 웃던 까치
흰 구름 목화송이로 피던 푸른 하늘
한 번만 더 보고 갈게요

물장구 치고 가재 잡던 친구
밀살이 감자무지 하던 친구들
다 어디 갔나요?
솔개에 놀라 어미 품에 숨던 노란 병아리들
다 어디 갔나요?
아, 옛날이여
지난 시절 다시 올 수 없나요?

일찍 잃어버린 아버지
형님, 누나
왜 다시 볼 수 없나요?

내가 다니던 학교
한 번만 더 보고 갈게요.

밝은 시냇가 반짝이던 작은 돌들
한 번만 더 보고 갈게요.

* 이선희의 노랫말.

가난한 반원들

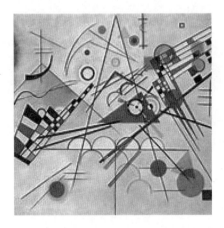

차가운 햇볕이 캔버스 위를 질주한다.

21인의 아해가 무섭다고 그리오.[*]

정말 무섭다고 그리오.

기계로 제작된 직선들이 부딪혀 사망하자 많은 사각형이
탄생한다.

크고 작은 수제품의 원들이 풍선처럼 둥둥 떠 다닌다.

삼각형들이 무시로 원들을 공격한다.

가난한 반원들이 숨어서 식빵을 뜯어 먹는다.

곡선들이 바람둥이처럼 싸다녔다.

보이지 않는 손이 도형들을 채색한다.

* 이상, 「오감도」의 변형.

신경기체가 新景幾體歌 1

어른들은 정자나무 아래 모여 앉아
누구 집 제삿날을 묻기도 하고
어느 집 아이의 나이를 묻기도 하며
아이들은 메뚜기처럼 뛰어다니며
술래잡기를 하다 배고프면 달 한 조각 떼어 먹고
목이 마르면 북두칠성으로 은하수를 떠 마시며
오동나무 새 순으로 자라고
참새처럼 짹짹거리다가
집 앞 빈 터를 코스모스로 피는

위 景 긔 엇디하니잇고

바둑판같이 금이 그어진 땅에
벌집 같은 좁은 집에서 양계장의 닭처럼 사는
아이들은 눈만 뜨면 티이브이, 휴대폰에 목이 빠지고
어른들은 바둑알처럼 빤질빤질하여
서로 포위하여 잡아먹고, 집이나 키우려고
얼굴이 상해 누렇게 시든 오이처럼 늘어졌으니
119가 달리고, 112가 신고하고, 44고에 4444로 퇴근하여
569에 짓고 38광땡으로 문을 열고
휴! 한숨 쉬는

위 景 긔 엇디하니잇고

23

신경기체가新景幾體歌 7

저 나무는 하나님이 인간에게 내린 은총이며
저 파도는 하나님의 말씀이며
해나 달이 뜨고 지는 것은 하나님의 역사하심이니
오직 찬양할지어다
모든 있음을 있게 하신 우리 주 예수님을
그러나 있게 하신 그분은
누가 있게 한 것인가?
스스로 있는가?
그런데 우리는 그것을 알 수 없다.
그래서 그냥 믿어야 한다.

위 景 긔 엇더하니잇고

　　　　　저 나무는 왜 홀로 외로워하고
　　　　한 줄기 바람에도 괴로워하는가?
　　　　저 바다는 무엇이 괴로워 뒤척이며
　　　　　강물은 왜 밤낮으로 울며
　　　　알지도 못하는 곳으로 흘러가는가
　　　　일월성신日月星辰이 운행하는 것은
　　　　　　　　제 뜻도 아니고
　　　　　　　신의 뜻도 아니며,

서로의 관계에 의함이니
스스로 그러함이 아니다.
이 세상에 스스로의 이유로 존재하는 것은 없다.
그러므로 모든 있음이
공空이니
집착할 아무것도 없다.

위 륭 긔 엇더하니잇고

얄리얄리 얄랑셩 얄라리 얄라[*]

그대는 찬양 받으리
난 그대가 폭양曝陽으로 다시 올 것을 상상한다
나는 봄이다
이미 무겁고 완벽한 봄이여

그대는 언제나 나에게
꽃양귀비의
입술로 왔다
물신物神은 위대하다

얄리 얄리 얄랑셩 얄라리 얄라

성性은
십자가의 피흘림
모든 존재는 여기서 비롯.
예수도, 부처도, 마호멧도, 콩츠도
천사 같은 여자도
아니, 사자도, 독수리도, 고래도

얄리얄리얄랑셩 얄라리얄라

아, 신神은 어디서 나왔을까?

그 어머니는, 그 어머니의 어머니는 …

또 그 아버지는?

얄리얄리얄랑셩얄라리얄라**

이동異同

임신

호접몽

2

진리는
그 역도 진리다

역설逆說 2
– 병

어딘가 조금 아픈 사람이 건강한 사람이다
아무데도 아픈 데가 없다는 사람은 병자다
감각이 마비되었거나 멍청이다

어느 한 곳이 아프다는 것은 살아 있다는 증표다
생명체는 항상 아프면서 성장하고 아파야 행복을 안다

세상이 엉망진창인데 안 아프다는 건 병신이거나 바보다
내 삶이 엉망이고 이웃의 삶이 진창인데
안 아프다니 그게 바로 병이다. 정신병자다

골골 팔십이라고
아파야 건강하고, 아파야 오래 산다

아파 누우면 우리는 하나님을 만날 수 있다
아파 누우면 우리는 부처님도 만날 수 있다

아파 봐야 사람이 된다

역설逆說 11
– 포기

삶을 포기해야 삶이 평화롭다
죽음을 포기해야 죽음이 아름답다
착하기를 포기해야 착해진다
행복을 포기해야 행복해진다
건강을 포기해야 건강해진다
재물을 포기해야 부자가 된다
명예를 포기해야 유명해진다
사랑을 포기하면 사랑이 이루어진다
진리를 포기해야 진리를 발견한다
뭐든지 포기해야 이루어진다 · · · · · · · · · · · ·
· ·
· ·
· ·
· ·
· · · · · · · · · · · · · · · · · ·o

진리 그게 뭐지?

역설逆說 15
– 세상은 즐거움의 바다

누가 세상을 괴로움의 바다라 했나?

괴롭다 생각하면 괴롭고, 즐겁다 생각하면 즐겁다

모든 건 마음먹기 나름

한 생각 바꾸면 모든 게 즐거움이다

그건 너의 선택이지

즐겁고 싶은가? 괴롭고 싶은가?

공연히 없는 걸 있다 하지 말아라

모든 건 다 마음의 장난이지

태어나 첫 발성은 울음이 아니야

그건 세상을 처음 만난 환희의 부르짖음이야

아담과 이브는 낙원에서 쫓겨난 게 아니야

낙원의 참모습을 발견한 것이지

진짜 사람이 된 것이야

이 땅이 낙원이니 다른 곳에서 낙원을 찾지 말아라

세상을 자세히 보아라

지구보다 더 아름다운 세상은 이 우주에는 없다

세상은 가시밭이 아니야

네가 잠시 잘못 본 것뿐이야

역설 16
– 기우杞憂

근심을 내리소서
하늘이 무너지는
근심을 내리소서
빌고 비나이다

생각은 여름날
뭉게구름처럼 가볍고
근심은 겨울바다처럼 빛난다

근심이 없다면 어찌 내가 없음을 알고
하늘의 사랑을 알겠느냐?
근심이 없다면 네가 어찌 너를 만나며
아마릴리스의 사랑과 하늘의 보살핌과 땅의
길러줌을 알겠느냐?

옷도 밥도 집도 이름도 권력도 다 근심이 낳았으니
근심이 없으면 나도 없고 너도 없으니
근심이야말로 연꽃이 아니냐?
그러니 근심을 근심 말라
천국이 너의 것이니라

근심을 내려주소서
근심을 내리소서
빌고 비나이다

역설 19
– 칼을 먹는다

비린내가 난다.
두개골을 까부수고,
배를 가르고,
발을 자른다.
청순한 미소를 노리며
붉은 그늘을 드리운다.
정의,
진리,
국가,
민족,
종교,
이 모두가 칼이다.
이 칼들이 인류의 운명을 가르고
세계를 이루었다.
아르메니아,
투르크, 몽고, 로마, 소련
독재자, 제국주의자들의 칼이
거기 있다.
평화는 칼을 먹고 산다.
미워하되, 버리지, 말아야, 산다.
세상은 오늘도

칼을,
칼을,
먹는다.
칼을 먹어야 평화가 온다.

3

언어는 놀이를
좋아한다

보다

'보다'에서 '봄'이 왔어.
뭘 봐?

보아, 보게, 보지, 보고, 보면, 보는데, 보지만, 보아도, 볼
지라도, 보더라도, 볼수록 …
하다가하다가 할 게 없어 봄이 온 거야.

보고 싶어!
보고 싶어요! 가 손을 흔든다.

보여 줄까?가 싱긋 웃는다. 자 보아.

봄이 도심의 중심가 대로를 질주한다.
훌랑 벗은 몸으로

? ? ? ?

사람들이 헤드라이트를 켠다.

― 너무 빨라 안 보여!
― 너무 아름다워!

〉
비명이 대로를 질주한다.

보아보아보아
보지보지보지
싫어싫어싫어

* 띄어쓰기를 의도적으로 조절하였음.

방망이 !

우리에게 방망이가 사라진 지 오래다
우리의 주름살을 평평하게 다듬어주던 그 방망이
그러나 야구장에 가면 커다란 방망이가 춤을 춘다
!가 돌면 ㅇ이 관중석으로 날아가고
남자들은 자기 !를 세우며 !!!를 지르고
여자들은 입을 ㅇ처럼 벌리고 !!!를 꽃으로 토한다
이렇게 !가 춤추고 꽃이 피려면
타자에게 ㅇ이 공空으로 보여야 한다. 그래야 안타가 난다
그 ㅇ이 더 큰 空으로 보이면 홈런이 터진다
그때 타자도 심판도 해설자도 관중도 열반한다
空을 보려면 먼저 마음이 空이 되어야 한다고
명해설자가 목소리를 높이지만
마음이 空이 된 선수는 잘 없다. 선수의 마음엔
그 空이 동그라미(엽전, 돈)로 보인다. 그러면 삼진을 먹거나
헛치고 죽은 몸으로 달린다
아, ㅇ이 空으로 만개할 날은 언제인가?
다듬잇돌 위에서 우리의 주름을 펴줄 방망이가
노래하고 춤출 그날은 언제일까?
그리하여 우리 모두가 空이 되는 그날은?

마침표(.) 2

.는 하늘이다.

모든 것의 바탕이다.

고요다. 고통이다. 사물의 눈이다.

우리는 .를 위해 산다.

그러나 쉽게 마치지도, 쉬지도 못한다.

없는 걸 있다고 하니 마치지 못한다.

안 그래?

관공서나 학교에 가면 .가 많다.

오후 다섯 시만 되면 모두 무섭게 .를 찍지.

그러나 회사나 공장에 가면 .가 늘어지지.

하지만 우리의 삶에는 .가 없지.

그러므로 죽음도 없지.

.는 다다*.

.는 다:** 다.

* Dada.
** 모든 것. 전부.

열반 3

부처는 열 받지 않는 사람
그가 세상의 열을 다 받을 때가 열반이다
그 그늘 아래 들면
나도 열반이다.

13월의 8요일

담장에 피던 장미가 전쟁터로 달려간다

변기 속으로 추락하는 비행기

기도하던 새 한 마리, 성경책을 분실한다

스마트폰이 소녀를 끌고 지하도로 잠적한다

머리카락을 덮고 히아신스가 속옷을 벗는다

웃기는 얘기

1. 꼬리

어느 날 내 엉덩이에 꼬리가 돋아났다
나는 놀라서 당황했지만 꼬리는
　　　　　나에게 로켓 추진체가 되었다
그리고 잘 넘어지던 나는 10년 동안 한 번도 넘어지지 않았
　　　　　　　　　　다
혼자 있을 때 파리나 모기가 달려들면 그것으로 후칠 수
　　　　　　　　　있어 좋았다
남이 보면 부끄럽겠지만 나는 꼬리가 은근히 좋았다
(만약 내가 땅에 엎드려 걷는다면 나는 강아지나 소처럼 네
발 짐승이 되겠지만 그럴 리는 없으니 다행이라고 생각했다)

며칠 전 현대인에게 꼬리는 반드시 필요하다는 연구논문이
　　　　　　　　　네이처지에 발표되었다.

2. 젖꼭지

어느 날 젖꼭지가 아프더니, 점점 커져서 여자의 유방처럼
　　　　　　　　　　불룩해졌다

1주일이 지나자 젖이 흐르기 시작해서 이를 어쩌나 했다
고민고민하다 젖을 받아서 밀폐용기에 담아 냉장고에 보관
하였다
다시 고민하다 젖이 없어서 고생하는 이웃 동네 여자에게
주었다
우리 집사람의 모유라고 거짓말을 하고
나는 젖이 부족한 사람들에게 더 많은 젖을 나누어 주고
싶어서
아침마다 밤마다 하나님께 기도하였다

나의 젖이 커지게 해 주소서! 아멘.

시뮬라크르Simulacre 2

있지도 않는 이데아라는 요술방망이로 가짜를 양산한
원조는 플라톤 영감탱이다.

우리는 모두 가짜다.
특히 여자들은 모두 가짜다.
왜?
매일, 아니 매 순간
화장을 하기 때문이다.
게다가 고가의 명품들로 휘감는다.
그러므로 그것은 화장이 아니라 위장이다.

요즘은 남자도 가짜다.
문신을 하고, 쌍꺼풀 수술을 하고,
염색과 파마를 하고, 거시기도 수술하니까.

그러나 가장 큰 수술은 마음 수술과 말 수술이다.
이 수술은 병원에 갈 필요가 없다.
스스로 시시때때로 수술을 해도
건보료가 올라가지 않는다.

이제 태어날 때 부모로부터 받은 원본은

진작 파괴되었다.
오늘도 수많은 이본들이 속출하고 있다.
그러므로 원본비평은 필요 없다.

플라톤은 가짜를 만든 최초의 죄인이다.
그러므로 그를 기소한다.

노마드

삶은 **죽음** 위에 핀 꽃이다. 그럼 죽음은 뭣이냐? **죽음**은 삶의 **변이형**이지. 장난치지 말어, 그럼 **변이형**은 뭐냐? 변이형은 **기본형**을 **전제**로 **형태가 바뀐 것**이지. **죽음**은 삶이 형태를 바꾸었을 뿐 그 근본이 바뀐 것은 아니란 말이야. 그래? 그러니까 삶과 죽음은 같은 것인데 모양만 살짝 바뀐 거란 말이지? 그래, 그렇다니까. 그럼 **기본형**은 뭐냐? 기본형은 변하기 전의 형태지. 그럼 삶이 기본형이고 그게 여러 가지로 변하는데 그 중의 하나가 죽음이란 말이지? 그래애. 살고, 살지, 살면, 살아, 살더라도, 살수록, 살지라도, 살았어도, 사는 … 아. 아무리 바꾸어 봐도 죽고는 안 되는데? 어떻게 된 거야? 사실은 나도 잘 몰라. 그럼 그건 그렇고 **형태**란 또 뭐야? 그건 한자말로 모양이란 말이지. 아, 그래? 한자는 뜻글자인데도 뜻이 빨리 머릿속에 들어오지 않아. 그리고 **전제**란 또 무슨 말이야? 앞에 내세우는 **조건**이지. 그럼 **조건**은 또 뭐야? 아, 그렇게 성가시게 따지지 말어. **이유**와 같은 말이야. 이유? **이유**가 뭐야? **까닭**이지 뭐야? **까닭**? 무슨 닭? 아, 닭이 아니고 **말**이야. **말**? 타고 다니는 말이 아니고, 사람이 입으로 하는 **말**이야. 왜 그러는지 그 이유를 우리말로 까닭이라고 해. 그게 뭐 그래? **이유**가 뭐냐 하니 **까닭, 까닭**이 뭐냐 하니, **이유**. 그게 말이 되냐? 왜 말이 안 되냐? 그렇게 자꾸 꼬리를 물고 늘어지면 끝이 없어. 대충 알고 넘어가. 알았어? **말이란 게 원래 그런 거여. 꼬리에 꼬리를 물지. 잘 나가다 삼천포로 빠지는 거야.**

현대인*

몸통이 없다
얼굴이 1/2
젖통이 1/4
풍선처럼 부풀어 터질 듯
다리도 없다
발은 새처럼 세 가닥으로 갈라졌고
배기통처럼 꼬리를 끌고 다닌다
젖꼭지는 앵두
입은 닫힌 철문이거나 붉은 루즈를 바른 터널이다
눈은 좌우가 짝짝이로 튀어나왔다
눈썹은 팔자八字거나 그 반대이다
눈동자가 상하좌우로
쉬지 않고 움직인다
그들의 배경은 회색이고
그들의 마음은 미세먼지 나쁨이다
한 여인은 코도 입도 없고 눈만 있다
그들의 공통점은 헤어스타일이 같고
젖통이 유난히 부풀었다는 것이다
발가락이 세 개뿐이며
꼬리가 있다는 것이다

* 이희순의 '얼레리꼴레리'에서 영감을 받아 창작하였음.

거래去來 1

이 인권 얼마요?

글쎄 이건 좀 비싼데요?

비싸건 말건 도대체 얼마요?

1억만 주쇼.

에이, 천만 원만 깎아주시오.

안 되오.

정말 안 되오? 에누리 없는 장사가 어딨소?

그럼 5백만 깎아주겠오.

좋소! 대신 오늘 중으로 택배로 보내 주시오.

계좌번호를 가르쳐 주시오. 당장 이체하겠소.

○○은행 ××× − ×× − ×××××× − ×× 000

4

단시의 한계는
어디까지인가?

2어절 시

여름

송글송글 찐득찐득

가을

가실가실 동글몽실

1행시

1. 사랑

사랑은 청맹과니가 심연에서 건져 올린 자아이다.

2. 결혼

결혼은 직진하던 차가 우회전하거나 좌회전하는 것이다.

3. 죽음

죽음은 삶의 변이형이며 삶의 다른 이름이다.

4. 지렁이

평생을 제일 포복으로 사는 자.

2행시

1. 동백

동백섬 둘레길
그녀의 붉은 입술이 나를 세 바퀴 돌렸다

2. 나무

해마다 낡은 치마로 부끄러운 곳을 가리려 하지만

가릴수록 열리는 것은 청명한 하늘

3. 그분

어디 있는데 그분?
아주 먼 데 있지… 아주 가까이 있는지도 몰라

3행시

1. 깃발

바람이 세게 불면

너는 선동가가 된다

함성과 박수를 먹고 싶어 핏대를 세운다

2. 변비 1

갇힌 사람도 괴롭겠지만

가둔 사람이 더 괴롭다

대한민국은 목하 변비 중

4행시

1. 삶

삶을 포기해야 살 수 있다
살겠다고 버둥거리면 죽는다
삶은 모순 덩어리
우리는 모름지기 매시간 죽어야 한다

2. 어디로 갔을까?

그렇게 싱싱하던 느티나무가 갑자기 죽었다

매일같이 열심히 트랙을 돌던 할머니가 며칠째 보이지 않는다

트랙 위에서 지렁이가 말라 죽었다

그들은 다 같이 어디로 갔을까?

5행시

1. 새의 눈에 꽃이 피고

새의 눈에 꽃이 피고
나무가 새를 낳고
하늘이 땅이 되고 땅이 하늘이 되니
붉은 아궁이 속에 꽃이 피고
네모난 돌들이 너털웃음을 웃는다

2. 독재자獨裁者 3

내로남불을 신으로 받든다

내로남불 내로남불 옴 도로도로
지미사바하

하늘이 무너져도
신을 바꾸지 않는다

사이펀
현대시인선
22

아닌 것도 아니고 아닌 것도
아니고도 아니고

강준철

5

연
작
시

나무설화 9
- 대나무

대숲에 들어가
가만히 귀 기울이면 전설 같은 이야기가 들렸다.
- 느거 할배가 호랭이를 쫓았데이
대꼬바리*로, 장밧재까지 따라가서 물고 가던 돼지를 찾아
왔데이

어느 날 아침
닭장 아래는 닭털이 낙엽처럼 떨어져 구르고
장 안이 휑덩그렁
- 아, 그놈의 족제비가 또 …
할머니가 혀를 찼다.

사랑방 안쪽 방에는 가마니틀이 있고
고개를 들면 벽에 족제비 가죽이 붙어 있다.
천장에는 갓통이 대롱거리고
아침해가 가장 먼저 드는 서쪽 벽엔 커다란 봉황도가 걸려
있다.
할아버지는 일어나면 가장 먼저 봉황도를 보았고 잠 잘 땐
반드시 봉황도를 보며 잠들었다. 손녀의 이름도 봉숙이라
고 이름 지었다.
그해에 대나무꽃이 피었다.

＞
새벽부터 탕탕 매 맞는 화로
그것은 할아버지의 위엄이었다.
숯불도 숨을 죽였다.

어느 늦가을 저녁 수천 마리의 갈가마귀 떼가 축복처럼 날
아와 잠을 잤는데
이튿날 보니 대나무 여러 개가 부러졌다.
어느 봄날 비 온 후 대숲에 들어갔더니 혁명이 일어났다.
자고 나면 또, 또 혁명이 일어났다.

오늘도 대숲에 들어가면
시원하고 명쾌한 대실댁**의 목소리가 들린다.
할배가 대꼬바리로 호랑이를 쫓고 족제비를 잡았다는

＊ 담뱃대의 사투리.
＊＊ 어머니의 택호.

해탈 연작시

3

쌓으면 허물어지고 또 쌓으면 허물어지고
아니 누군가가 허물고
아무리 허물어도 또 쌓으리 허물어질수록 더욱 좋아
허무는 자에게 축복과 영광을!
제 몸 떼어 어두운 길에 붉은 카펫을 깔아준 나무들에게 감사!
무엇이든 고정불변은 없으니까
완성이 중요한 게 아니고 과정이 중요하지
부처를 쌓든, 하나님을 쌓든
마음의 돌을 하나씩 쌓아가는 거야
하늘에 닿지 않아도 좋아
내 말이 너에게 닿기만 하면
나는 열반,
사랑한다. 세상아!

4

배우들이나 모델들은 진정한 해탈자다
그들은 촬영자나 조명진들 앞에서
스스럼없이 홀랑 벗는다
부끄러움을 벗고, 윤리를 벗고, 체면을 벗고, 가식을 벗는다
그래서 알맹이를, 음모까지도

온 세상에 드러낸다

그러나 보라, 스님들은 해탈한다며 오히려 속박한다

세상에, 계율에, 교리에 스스로 묶인다

모델이 스님보다 위대하다

창녀들은 더 위대하다

본성을 판매까지 하니 이 아니 위대하냐?

해탈을 절에 가서 찾지 마라

가장 낮은 곳, 가장 어두운 곳, 가장 깊은 곳

에서 찾아라!

나무설화 13
- 감나무 2

감나무 잎을 클릭하면
가랑비에 흙담 무너지는 소리와
뻐꾸기 울음소리에 감꽃 피는 소리가 들립니다

감나무 가지를 클릭하면
감꽃 목걸이 걸어주던
나와 순이의 뜨거운 숨소리가 들립니다

감나무 껍질을 클릭하면
천둥 번개에
놀라 엎어지는 아이들의 비명소리와
우지직 가지 찢어지는 소리가 들립니다

감나무 줄기를 클릭하면
맑은 햇살에 잎이 물드는 소리와
서리 맞아 툭 떨어지는 홍시 소리가 들립니다

감나무 둥치를 클릭하면
다 내어주고 눈을 맞는
감나무의 기도 소리가 들립니다.

잠언시 2

- 가두는 자 영원하지 못하니라.

사람들은 성벽처럼 두꺼운 강철로 땅을 가두고 풀을 가둔
다.
그러고는 그걸 예술이라고 한다.
숨을 틀어막는 그것이 예술이라?
꽁지머리 후두티야 너는 어떻게 생각하니?
모이 쪼기에 정신이 없는 비둘기야 너는 또 어떻게 생각하
니?
해가 숨고 하늘이 기침을 하는데
너희가 나를 이지지 못하듯이
쇠가 풀을 이기지 못하리라.

엣햄!

잠언시 3

― 집을 자라게 하여라.

너희는 집을 짓되 철근으로 튼튼히 지어라.
그러나 벽을 밀어버려 바람이 걸리지 않게 하여라.
지붕을 덮지 말고 해가 지지 않게 하여라.
그리고 비가 오면 마루가 비에 젖게 하여라.
밤이면 별들이 내려와 철제 의자에서 쉬게 하여라.
거실에는 커다란 자연석 하나를 들여 놓아라.
마루에는 느티나무 한 그루를 심어 지붕을 뚫게 하여라.
그 나무가 손을 흔들고, 고개를 내밀게 하여라.
그 손을 타고 달이 내려오게 하여라.
이르노니 너희는 절대로 문을 닫지 말아라.

엣헴!

6

극시

적과의 동침*

s#.2 (스튜디오)

아나운서 : 유해균을 다 죽이면 장이 건강해지지 않나요?

의사 : 아니오, 유익균이 너무 편해서 다 죽어요.

아나운서 : 그러니까 적과 동침해야 오래 산다는 거네요.

의사 : 그렇죠. 남북도 대치해야 서로 발전해요. 그러므로
　　　평화는 독입니다.

아나운서: 그게 무슨 말이에요?

의사 : 서로 싸우면서 살아가는 것이 세상의 이치이고 발전
　　　하는 길입니다. 싸워봐야 상대를 압니다. 그렇다고
　　　전쟁을 해서는 안 되지요.
　　　그냥 부부처럼 가끔 싸우면서 사는 겁니다.
　　　싸워야 사랑이 식지 않습니다. ㅋ, ㅋ, ㅋ

― 박수 소리∞

F.O

*모 방송국 프로그램을 보고 쓴 장르 혼성모방 작품임.

목련의 낙화

나 : 왜 벌써 가려고 하니?

목련 : 이제 가야 해.

나 : 왜?

목련 : 그이가 오라고 해.

　　　내 맘대로 못해. 오고 가는 거.

(쓸쓸히 웃음 지으며 손을 흔드는 그녀)

검은 무대 뒤로 해가 지고 달이 떴다.

뚱딴지*

리포터 : 어디 가세요? 할아버지, 할머니!

할아버지 : 돼지감자 캐러 가요. 멧돼지가 다 파먹어서 빨리 캐야 해.

리포터 : 돼지감자가 뭐예요?

할아버지 : 따라와 봐요.

리포터 : (키보다 더 큰 줄기 – 정력?)

(쇠스랑 끝에 끌려 나오는 못생긴 돼지감자)(C.U)

할아버지 : 이게 돼지감자야, 뚱딴지라고도 하지.

리포터 : (아, 붉은 빛의 보약?) 왜 이걸 심으셨어요?

할아버지 : 처으멘 염소르 키웠지. 근데 염소가 팔려갈 때 뒤돌아보며 눈물을 흘리며 우는 걸 볼 때마다 이건 아니다, 이건 아니다며 이걸 심기 시작했지.

리포터 : (아, 허연 수염의 선한 얼굴이여)

(메에에 ~ 메에에 ~) (F.O)

어린 시절 보았던, 기르던 개를 삽짝문에 매달아 몽둥이로 패서 잡던 광경(O.L)

리포터 : 아, 그 염소고기를 배가 터지게 맛있게 먹은 나는 누구인가? 아, 그 보신탕을 땀을 뻘뻘 흘리며 마지막 국물 한 숟가락까지 마신 나는 누구인가? 어쩔 수 없는 거라며

스스로를 합리화하는 나는 또 누구인가? 퍼덕거리던 생선의 아가미에 칼끝을 집어넣어 창자를 끄집어내던 나는 또 누구인가? 아주 오래 전 닭의 목을 비틀어 날개 밑에 처박은 나는 또 누구인가? 눈물 흘리며 뒷걸음치던 소 – 그 고기를 맛있게 먹은, 먹는, 먹을 나는 또 누구인가? 나는 사마리아 여인에게 돌을 던질 수 있는가?

아! 뚱딴지 할아버지는 뚱딴지인가?

* 모 방송국 프로그램을 보고 쓴 장르 혼성모방 작품임.

사이펀
현대시인선
22

아닌 것도 아니고 아닌 것도
아니고도 아니고

강준철

7

이
야
기
시

숲의 영혼 2

가끔나의영혼을 직직박박찢어놓던직박구리가 은행나무우
듬지에서 나를 불러세웠습니다. 다가가면저쪽 다른나무로
옮겨앉아 다시나를 불렀습니다. 산에는 오리목이 피고 산
다화가 불타고 있었습니다. 도화유수묘연거 별유천지비인
간*, 3월은 가장 잔인한 달** 죽은 땅에서 … 머릿속을 빠르
게 지나가는 문자들, 그 순간 나는 직박구리를 놓쳤습니다.
소나무들은 검은 침묵을 지키고 있고 갈참나무와 상수리나
무들은 아직도 가을을 입에 문 채 떨고 있었습니다. 시시시
시 … 덤불 속에서 작은 영혼들이 고요를 깨뜨리고 있었습
니다. 깨알 같은 새하얀 저 소리 ─ 저걸 적을 수 있는 문자
는 없을까? 가까이 가자 그들은 떼를 지어 더 높은 산등성
이로 날아올랐습니다. 다가가면 달아나고 다가가면 달아나
고 … 그때 까마귀가 콘트라베이스의 가장 낮은 소리로 온
산을 덮었습니다. 다른 길로 접어들자 찌지비찌지비 … 뺨
이 하얀 잿빛의 조그만 새들이 클라리넷의 고음으로 나의
귀를 잡아당겼습니다. 다가가면 달아나고 다가가면 달아나
고 … 나는 점점 더 높은 산 위로 끌려갔습니다. 그때 멀리
서 뚜루루루 뚜루루루 다듬이질 소리 같은 소리가 들려왔
습니다. 그 소리는 나의 머리에서 발끝까지를 확 뚫어놓았
습니다. 아득히 먼 곳에서 따발총 소리가 들려왔습니다. 그
때 뺨이 노랗고 목에 곤색 넥타이를 맨 예쁜 새들이 벗나무

가지에 날아왔습니다. 찍, 찍, 찍 … 그들은 꼬리로 나를 불렀습니다. 나는 홀린 듯 그들을 따라 더 높은 산으로 자꾸 올라갔습니다. 그때 울창한 소나무 숲에서 희미하고 가는, 땅 속 아득한 곳에서 들려오는 듯한 고음이 들려왔습니다. 그것은 내가 여태까지 들은 바가 없는 소리였습니다. 소리 나는 곳을 따라가 보니 소리는 또 다른 곳에서 들렸습니다. 찌비찌비찌비? 스이비스이비스이비? 오, 전생의 어느 들판 끝에서 들려오는 소리. 아, 그건 소리가 아니었는지도 모릅니다. 가장, 조용히, 가까이, 다가가, 보니 그것은 나의 키보다 두 배나 큰 소나무 위에서 들려 왔습니다. 오오, 모습을 보여 다오 나는 조용히 소리 질렀습니다. 그러나 아무리 살펴보아도 그 새는 보이지 않았습니다. 그때 얼핏 작은 뭔가가 휙 스쳐 갔습니다. 새 같기도 하고 아닌 것 같기도 한 무엇이었습니다. 잠시 후 그 신비한 새소리는 저쪽 더 높은 산정에서 들려왔습니다. 나는 또 홀린 듯 그곳으로 올라갔습니다. 제발 모습을 보여 다오! 나는 고개를 치켜들고 소리가 나는 나무 쪽으로 가다가 나무뿌리에 걸려 넘어졌습니다. 발목이 약간 시큰거렸으나 크게 다친 것 같지는 않았습니다. 나무에 기대 발목을 주무르고 있는데 무슨 울음소리 같은 게 들렸습니다. 그래서 억지로 일어나서 가보니 한 소녀가 바위 앞에서 울고 있었습니다. 어떻게 된 거냐고 물으니 나무 그루터기에 걸려 넘어졌는데 발목이 아파서 움직일 수 없다고 했습니다. 어허, 이거 큰일 났네. 나도 내려가기 힘든데 이 소녀를 버려두고 갈 수는 없고… 어디 보자 아저씨가 좀 고쳐 줄 테니까. 소녀가 고개를 가로젓지 않았습니다. 눈물 젖은 얼굴이 예뻤습니다. 내가 평소 알고 있는 상식으로 응급처치를 하며 물었습니다. 어쩐 일로 혼자서 여기까지 올라오게 되었니 하니 새소리가 너무 아름다워서 따라오다 보니 여기까지 오게 됐어요 했다. 어, 정말 이상한 일이다. 나와 똑같이 아름다운 새소리에 홀려서 비슷한 시간에 다른 곳에서 출발하여 여기에 와서 발을 다친 채로 만나다니. 자 이제 일어나서 한번 걸어볼까? 하며 내가 부추겨 일으켜 세웠습니다. 그러나 두 걸음도 못가서 도저히 못가겠다고 했습니다. 야, 이거 정말 큰일이구나. 서쪽 하늘에 노을이 타고, 해가 반쯤 산에 걸려 있었습니다. 119에 전화를 걸려고 해도 그냥 잠깐 산자락을 거닐다 내려가려고 가볍게 차려입고 나오는 바람에 전화기도 없었습니다. 소녀에게 전화기가 있었으나 밧테리가 방전되어 전화가 안 되었습니다. 날은 점점 어두워 오고. 사방을 둘러봐도 추위를 피할 곳은 없었습니다. 별***처럼 밤을 샐 수도 없습니다. 그래서 나뭇가지를 주워 부목을 대고 손수건으로 동여매었습니다. 자, 일어나 한번 걸어 볼까? 내가 키를 낮추어 소녀의 어깨를 끼고 조심조심 걸어보았습니다. 한참 후 우리는 한길에 나올 수 있었습니다. 지나가던 차가 있어서 손을 흔들었으나 그냥 휙휙 지나갔습니다. 더 아래로 내려갈 수밖에 없었습니다. 청소년 수련원 정문이 보였습니다. 수위실에 가서 사정을 이야기하고 전화기를 빌려 소녀의 집으로 전화를 하였습니다. 30분 정도 지나서 그 소녀의 부모님이 달려왔습니다.

 나는 혼자서 터덜터덜 걸어서 집으로 돌아왔습니다. 나는 자꾸 그 소녀가 나를 산정으로 이끌었던 새라고 생각되었습니다.

* 이백의 「산중문답」 중 일부.
** 엘리엇, 「황무지」의 변형.
*** 알퐁스도데의 단편소설.

※ 띄어쓰기 일부 조절.

토끼와 거북이는 경주한 일이 없다

토끼와 거북이가 경주를 해서 토끼가 졌다는 이야기는 새빨간 거짓말이야. 그들은 경주를 할 리도 없고, 한 일도 없어. 그런데 아래의 이야기는 사실이야. 거북이가 어느 날 짝을 구하고 싶었는데 바다에선 찾을 수가 없어 뭍으로 올라왔어. 그때 마침 토끼도 짝을 구하고 싶어 산속을 헤매다가 해변으로 왔어. 그래 둘이 만난 거야. 토끼가 다가가자 거북이가 놀라서 나무 위로 도망간 거야. 그러자 토끼가 같이 놀자며 뒤에서 잡아당겼어. 거북이는 올라가려 하고, 토끼는 당기고, 둘이서 승강이를 하고 있는데 저쪽에서 늑대 한 마리가 다가왔어. 이번에는 토끼가 놀라서 기어오르는 거북이 등에 올라탔어. 그러자 거북이의 옆구리에 날개가 돋아났어. 그런데 거북이가 힘을 다해 기어오르자 몸에 열이 났고 거기가 이상한 거야. 토끼도 사타구니가 이상한 거야. 늑대가 가까이 왔을 때 그들은 이미 나무 우듬지에 도달했고 늑대가 돌아갈 때까지 둘은 그렇게 한 몸이 되었어. 둘이는 그렇게 사랑을 한 거야. 그들은 너무 황홀한 나머지 나무 위에서 바다를 바라보며 노래를 불렀대. 이 이야기는 덴마크에서 있었던 이야기인데 이를 직접 목격한 조각가가 그걸 조각하여 ○○공원에 세워놓았어. 믿기지 않으면 직접 가 보아. 얄리얄리 얄랑셩 얄라리 얄라.*

* 고려속요, 「청산별곡」.

8

산
문
시

안개 2

　배가 잔뜩 부른 도둑고양들이 도시들을 덮쳤다 갑자기 정전이 되자 자동차들이 전조등을 켰지만 뒤엉켜서 빽빽 소리를 지르고 치고받았다 갑자기 장님이 된 어린 백성들이 지팡이로 더듬어 보지만 걸리는 게 없어 한 발짝도 나아갈 수 없었다 고양이들은 골목을 점령하고 담을 넘어 가정집을 침입하여 창고를 뒤졌다 무얼 훔쳐 갔는지는 아무도 모른다 그리고 고양이들은 도시에 노란 안개를 피웠다 안개는 아파트의 창문을 가리고 방안으로 침입하여 가구와 옷들에 곰팡이를 안기고 사람들의 관절을 쑤셔 집집마다 비명소리가 새어나왔다 안개는 여인처럼 부드럽고 다정하게 속삭였지만 그 이빨에는 독이 들어 있었다 그것은 마약처럼 퍼져 사람들을 일시에 연체동물이 되게 했다 늦은 밤 고양이들의 앙칼진 울음소리를 들으면 사람들은 냉동이 된다 사람들은 거의 밤마다 그 앙칼진 마취 주사를 맞는다 그래서 결국 고양이 앞의 쥐가 된다 얼마 가지 않아 도시는 도둑고양이가 피운 안개에 완전히 정복당하고 말았다 더없이 부드러운 붉은 안개여 너와 나를 이어주던 다리를 잘라먹은 위대한 안개여 최고의 아름다움이여 오늘 우리들은 모두 장님이 되었다 돈이 있은들 무슨 소용이 있겠는가 빌딩도 도로도 전신주도 안테나도 교회의 십자가도 비둘기와 갈매기도 테트라포드와 방파제도 등대도 모두 무차별로 학살당했는데 스스로 할 수 있는

게 아무것도 없는데 너 때문에 세상이 평등해져 좋지만 눈이 없어 심봉사가 되었으니 어찌 아름다운 청이를 보겠느냐 꽃이 핀들 볼 수 없고 산과 강의 목소리를 들을 수 없으니 귀가 있은들 무슨 소용이냐 뭐가 뭔지 알 수 없고 어디로 가야 할지도 모르겠구나 그물에 걸린 멸치처럼 가슴만 팔딱거리는구나 모든 걸 알아서 해준다니 편해서 좋지만 바보가 된 기분이다 그게 무슨 말이요 그건 나도 모르오 이제 나이가 많아 귀조차 어두우니 내가 어떻게 알겠소 도대체 알쏭달쏭 서로가 틀렸다고 하니 누가 옳은 지 알 수가 없소 그저 굿이나 보고 떡이나 먹어야지 모든 것은 이미 다 규정되고 규격화되어 있는 것 같소 도둑고양이는 안개로 눈과 귀를 막아버리고 입도 막아버리고 모든 걸 접수하고 하나로 덮어버리오 옛날 어느 얼음나라와 비슷하오 부동자세의 가스실 나치와 비슷하오 일사분란하기는 가히 군대 같소 공연히 쓸데없는 소리를 했다가는 꼰대로 되오 이미 다 정해져 있으므로 내가 뭘 할까 생각할 필요가 없오 그저 아픈 척 가난한 척 죽은 척 신음 소리만 내면 되오 뭔가 새로운 걸 생각할 필요가 없오 새로운 것은 반동이니까 그저 시키는 대로 하고 위대한 누구를 미친 듯 펄쩍펄쩍 뛰며 찬양하고 신으로 믿으면 되오 그의 무병장수를 기도하기만 하면 되오 신에게 기도하듯 신에게 기도하듯 …

치자治者꽃 필 무렵

치자治者는 치자梔子보다 못하다.
치자梔子는 눈병 난 사람도, 황달 든 사람도 낫게 하고, 열
받친 사람의 열도 내리고, 엎어터져 피 흘리는 사람 지혈도
해 주고, 오줌 제대로 못 누는 놈 오줌 구멍도 뚫어주고, 음
식에 예쁜 옷도 입혀 주고, 옷감에 노랑물도 들여 주는데
치자治者는 백성들의 아픔은 아랑곳하지 않고 자기 몸 아픈
것만 생각해서 옥체玉體라 부르며, 어의御醫를 두고, 수많은
보조의원과 약사를 두어, 무슨 도감都監, 혹은 주부主簿라는
벼슬을 주어 부리니

쯧쯧… 한갓 나무 열매만도 못한 것이여
그러고 보면 치자治者는 치자癡者와 비슷한 거여
어찌 보면 치자梔子와 다름 없당게로

치자梔子를 보니 어찌 자꾸 치자治者가 생각나는 걸까?
치자梔子보다 예쁘지도 않은데?
백성을 편하게 하기보다 깜짝깜짝 놀라게 하는 자,
공포에 떨게 하는 자, 절망을 안겨주는 자, 가슴 쿵닥거리게
하는 자,
백성의 목숨을 좌지우지하는 자, 그러나 병든 백성은 한 사
람도 고쳐주지 않는 자

치자꽃이 흐드러지게 피어 온 천지가 향기로 가득 차건만
치자梔子보다 못한 치자治者가 온 세상을 악취로 덮는구나

얼쑤!
이제 결론을 내려야제.
치자治者는 치자梔子보다 못할 뿐 아니라, 치자稗子보다 못났
고 치자癡者에 가까운 사람
고래古來로 치자治者들은 아첨하는 지식인의 이데올로기로
권력을 유지하는 자
백성들이 바라는 바를 따르지 않고 자기가 원하는 것을 따
르라고 히는 자리

죽어나는 건 예나 이제나 조조군사로다
불쌍한 조조의 졸병들이여!
오, 치자꽃이여
치자治者의 머리 위에 너의 향기의 핵폭탄을 투하하라.

* 이 참에 한자 공부 좀 해 보이소. 한자 사전에 보니 '癡者多笑'라는 말이 있네요.

사이펀
현대시인선
22

아닌 것도 아니고 아닌 것도
아니고도 아니고
강준철

9

언어는 기호의 특수한
체계일 뿐이다

수학적 논리 ½

½슬픔 = ½기쁨

½기쁨 = ½슬픔

½사랑 = ½미움

½미움 = ½사랑

½남자 = ½여자

½여자 = ½남자

½노인 = ½어린이

½어린이 = ½노인

½삶 = ½죽음

½죽음 = ½삶

이런 이치를 안다면 우리는 열반에 들어간 걸까?

½열반 = ½지옥

이런 이치가 우리를 더욱 절망케 한다. 슬프게 한다.

그러나

½절망 = ½희망

희망은 절망에서 오고 기쁨은 슬픔에서 오나니

슬픔이 없다면 어찌 기쁨이 있으며

절망하지 않고 어찌 희망이 있으리오

하나는 둘을 포함하나니, 그 둘은 대립하나니,

모든 것은 둘이면서 하나이니라. 다만 변할 뿐.

∴ 삶 = 죽음

202106161945

춤과 노래

세상은 기표記標 signifiant들의 놀이터다.[*]

‰ ‱ ‼ ⁇ ⁂ ±

⊹ × ⊕ ▽ ≤ ≥

Ɔ ℘ ℺ Ȝ ⭗

∀ ∂ Ƌ ∉ ∑ ⳼ ∭ ⧯

∷ ⁚ ≃ ≅ ≄ ⊠ ⬦ ≒

≦ ≧ ⚶ ⚹ ⊙ ⊚ ⊛ ⊞

▉ ▊ ▋ ▍ ▎

Ȍ́ Ȭ Ȍ̃Ȍ̂ ó̀ Ȯ̃Ȭ

Ỻ́Ỻ̃Ỻ̀ ẁẃẁ Ỻ̂ ȍ̀ȍ̂ȍ̀

Ђ Д Ж Ф Ҷ Ш Ш Ю Я ёÿŕ

ŵŵŵ ʁ ʁ ʁ ꓤꓤꓤ ꬷ ꞇ ꞇ ꞇ ꞇ ꞇ Ꝉ Ꝉ Ꝉ ꞇ ꞇ ⫤ ⫣⫧

☯ ≡≡≡ ≣≣≣

カ 马 夕 ああ う う う

◉○ ◬○ ◖◗

□○◇△▽◁ ■●◆▲▼◀

♪ ♫ ♬ 𝄞

[*] 데리다의 말의 변형.

왕벚꽃 2

하하하

하하하하하하하하하하하하하하하하하하하하하하하하
하하하하하하하하하하하하하하하하

어머니

어머니어머니어머니어머니어머니어머니어머니어머니어머니
어머니어머니어머니어머니어머니어머니어머니어머니어머니
어머니어머니어머니어머니어머니어머니어머니어머니어머니
어머니어머니어머니어머니어머니어머니어머니어머니어머니
어머니어머니어머니어머니어머니어머니어머니어머니어머니
어머니어머니어머니어머니어머니어머니어머니어머니어머니
어머니어머니어머니어머니어머니어머니어머니어머니어머니
어머니어머니어머니어머니어머니어머니어머니어머니어머니
어머니어머니어머니어머니어머니어머니어머니어머니어머니
어머니어머니어머니어머니어머니어머니어머니어머니어머니
어머니어머니어머니어머니어머니어머니어머니어머니어머니
어머니어머니어머니어머니어머니어머니어머니어머니어머니
어머니어머니어머니어머니어머니어머니어머니어머니어머니
어머니어머니어머니어머니어머니어머니어머니어머니어머니
어머니어머니어머니어머니어머니어머니내어머니

이승에도
저승에도
가득찬 어머니

天上天下唯母獨尊

⟩

사랑합니다사랑합니다사랑합니다사랑합니다사랑합니다사랑
합니다사랑합니다사랑합니다랑합니다사랑합니다사랑합니다
사라합니다사랑합니다사랑합니다사랑합니다사랑합니다사랑
합니다사랑합니다사랑합니다사랑합니다사랑합니다사랑합니
다사랑합니다사랑합니다사랑합니다사랑합니다사랑합니다사
랑합니다사랑합니다사랑합니다사랑합니다사랑합니다사랑합
니다사랑합니다사랑합니다사랑합니다사랑합니다사랑합니다
사랑합니다사랑합니다사랑합니다사랑합니다사랑합니다사랑
합니다사랑합니다사랑합니다사랑합니다사랑합니다사랑합니
다사랑합니다사랑합니다사랑합니다사랑합니다사랑합니다사
랑합니다사랑합니다사랑합니다사랑합니다사랑합니다사랑합
니다사랑합니다사랑합니다사랑합니다사랑합니다사랑합니다
사랑합니다사랑합니다사랑합니다사랑합니다사랑합니다사랑
합니다사랑합니다사랑합니다사랑합니다사랑합니다사랑합니
다사랑합니다사랑합니다사랑합니다사랑합니다사랑합니다사
랑합니다사랑합니다사랑…

안개

우리는 (시냇물에 떠내려가는 한 개의 ㄴ ㅁ ㅇ + 하늘을
둥둥 떠다니는 한 덩이 ㄱ ㄹ + 낮에도 ㄲ에 젖어 있다)

ㄴㄴ ㅅㅂ ㄲㅅㅇㅅ ㅆㄱ ㅇㄷ

ㅍㅍㅍㅍㅍㅍㅍㅍㅍㅍㅍㅍㅍㅍㅍㅍㅍㅍㅍㅍㅍ
ㅍㅍㅍㅍㅍㅍㅍㅍㅍㅍㅍㅍㅍㅍㅍㅍㅍㅍㅍㅍㅍ
ㅍㅍㅍㅍㅍㅍㅍㅍㅍㅍㅍㅍㅍㅍㅍㅍㅍㅍㅍㅍㅍ
ㅍㅍㅍㅍㅍㅍㅍㅍㅍㅍㅍㅍㅍㅍㅍㅍㅍㅍㅍㅍㅍ
ㅍㅍㅍㅍㅍㅍㅍㅍㅍㅍㅍㅍㅍㅍㅍㅍㅍㅍㅍㅍㅍ
ㅍㅍㅍㅍㅍㅍㅍㅍㅍㅍㅍㅍㅍㅍㅍㅍㅍㅍㅍㅍㅍ
ㅍㅍㅍㅍㅍㅍㅍㅍㅍㅍㅍㅍㅍㅍㅍㅍㅍㅍㅍㅍㅍ
ㅍㅍㅍㅍㅍㅍㅍㅍㅍㅍㅍㅍㅍㅍㅍㅍㅍㅍㅍㅍㅍ
ㅍㅍㅍㅍㅍㅍㅍㅍㅍㅍㅍㅍㅍㅍㅍㅍㅍㅍㅍㅍㅍ
ㅍㅍㅍㅍㅍㅍㅍㅍㅍㅍㅍㅍㅍㅍㅍㅍㅍㅍㅍㅍㅍ
ㅍㅍㅍㅍㅍㅍㅍㅍㅍㅍㅍㅍㅍㅍㅍㅍㅍㅍㅍㅍㅍ
ㅍㅍㅍㅍㅍㅍㅍㅍㅍㅍㅍㅍㅍㅍㅍㅍㅍㅍㅍㅍㅍ

생은 기둥 위에 올려 진 천막
신이 있다는 기둥, 선악의 기둥, 미추의 기둥, 진위의 기둥
우리는 이 기둥을 제거할 수 없다.

쓰러지지 않는 기둥은 없다. 이것이 우리의 본질. 그래서 우리는 늘 자유를 갈구한다. 자유는 우리의 깃발이다.

깨달음은 경험에 근거하고 경험은 육체에 근거하며 육체는 끊임없이 변한다. 그렇다면 그 깨달음, 궁극의 진리가 될 수 있을까?

안개가 피어올라 산을 덮는다.

찬 가을

쌀쌀하지만 가을은 윤택하여 사람들 노래하니
이슬이 쇠가 되고 구름이 구슬이 되네
오는 것과 거둠이 여유로워
음률에 오르고 맺어서 낳고 낳네
더위와 겨울이 이루어짐이 고르니
아름다운 산에 이르도다
가고 갈무리함에 세월이 빛나니
비와 서리는 물이 되어 산등성이를 적시네.

산 3

내려올 낀데 말라꼬 산에 가노?

궁금해서.

뭐가 궁금하노? 바람밖에 더 있겠나?

무신 소리 하노? 와 바람뿐이고? 바람에 시달린 질긴 몽당
솔도 있고, 잘 생긴 바우도 있고, 이뿐이 같은 진달래도 있
고, 뭣보다도 하늘이 바로 옆에 안 있나? 마, 하늘을 만질
수 있을 끼라.

하, 참 웃기네. 하늘을 우째 만지노?

왜 몬 만지노? 밤까지 있으마 별도 딸 수 있는 기라. 니가
머라캐도 나는 갈 끼라.

허허어.

사이펀
현대시인선
22

아닌 것도 아니고 아닌 것도
아니고도 아니고

강준철

10

보이는 것만이
진실이 아니다

시간의 풍경 2

느티나무들은 어제 잠잘 것이다
그러나 오리목은 순간순간 잠을 깨고 있다
매화가 현재를 건너뛰고 모레 반쯤 피었다

모딜리아니가 두 번째로 초상화를 완성할 때
나의 초상화가 완성되었다

까마귀 소리보다 까치 소리가 더 빠르다
솔개의 시간은 모과의 시간보다 느리다

태양계가 초속 250km로
은하수를 건너가고
둘째 손자가 처음으로 걸음마를 했다

벚나무는 새 회계연도의 예산을 집행하고 있는데
무궁화는 정기총회도 못했는지
추레한 옷을 입고 2014년에 서 있다

화부의 성기는
아궁이보다 빠르다

11

왜 한 쪽만을
강요하는가 ?

민중

우리 다 같이 우울하자
우리 다 같이 슬프자
우리 다 같이 괴롭자

우리 다같이 붉자
우리 다같이 검자

나가자
다
같
이

깃발깃발깃발깃발깃발
깃발
깃발
깃발

머리띠머리띠

결사반대

아닌 것도 아니고 아닌 것도 아니고도 아니고

망치

낫

땅!땅!땅! 땅!땅!땅!

왕벚꽃

아, 나는 언제 너처럼
?꽃을 피울 수 있나?
그 눈부신
?엉덩이에도 꽃을 피울 수 있나?
?아니, 온몸으로 피울 수 있나?
?아니, 아니 내가 언제 꽃이 될 수 있나?
?아니, 아니, 아니 내가 네가 될 수 있나?
하루 종일 너의 그늘에 앉아서
?너의 체취를 맡으면 네가 될 수 있어?
아니, 한밤중 가장 고요한 시간에
?너의 가슴에 귀를 대면 네가 될 수 있어?
대답해.
?내가 나를 버리면 네가 되는 거야?
?죽었다가 다시 태어나면 네가 될 수 있어?
아, 내가 네가 된다면 나는
이 세상 모든 사람을 꽃으로 만들고 싶어.
아니, 이 세상 자체를 꽃,
!꽃으로 만들고 싶어!

하하하하하하하하하

하하하하하하하하하하하하하하하하하하

너처럼 말야.

이중섭

그

는

성난 황소다

그의 불알은

이글이글 숯불이고

그의 좆은 화염방사기다

입술은 붉은 자물쇠고 눈은 화등火燈이다

그에게는 살이 없다

그 는 뼈로 만 살았다

그는 해일 같은 어깨와 채찍 같은 꼬리로 살았다

그의 뿔은 어둠 속에서 자랐고

늘 어둠을 들이 받았다

그는 마굿간에서 태어나 혼자 살았지만 가난하지 않았다

그는 아이들을 사랑했고, 종내 아이가 되었다

그 에게는 담벼락이 없었다

사랑은 언제나 담벼락 너머

별처럼 멀리서 반짝였다

그는 항상 사랑'이 고팠다

그래서 캔버스 없는 캔버스에 아무나 그릴 수 없는

사랑을 그렸다.

12

세상에 처음부터
고정된 것은 없다

아닌 것도 아니고 아닌 것도 아니고도 아니고*

추운 것도 아니고 더운 것도 아니고
그렇게 바쁜 것도 아니고 그렇게 적적한 것도 아니고
그리 시끄러운 것도 아니고 그리 조용한 것도 아니고
산 짐승이 우는 것도 아니고 새가 노래하는 것도 아니고
싫은 것도 아니고 좋은 것도 아니고
사랑스러운 것도 아니고 미운 것도 아니고
그저 그런 것, 그저 이런 것
깬 것도 아니고 취한 것도 아니고
밝은 것도 아니고 어두운 것도 아니고
그저 그런 것
바람이 불면 부는 대로 물결이 치면 치는 대로
물에 물 탄 듯, 술에 술 탄 듯
취한 것도 아니고 깬 것도 아니고
시들어 가면서 꽃을 피우고 꽃을 피우면서 시들고
둘도 아니고 하나도 아니고
있는 것도 아니고 없는 것도 아니고
있고 없는 것이 아닌 것도 아니고
이다도 아니고 아니다도 아니고
이다도 아니고 아니다도 아니고도 아니고

아, 아닌 것도 아니고 아닌 것도 아니고도 아니고

*『금강경』에 보이는 화법話法을 모방한 것임.

아왜나무

아왜나무, 아 왜나무?, 아왜 나무?, 아왜나 무?
아 왜 나 무? 아, 왜? 나무?
내가 왜 '나무'냐고?

꼭 대답을 해야 하나요?

이름이 중요한 게 아니죠.
'나무'라 해도 되고, '무나'라 해도 되고, '달'이라 해도 되지요.
미국이나 영국인들은 나를 '트리tree'라고 하고
일본인들은 나를 '보꾸모꾸ボクモク(き, こ)'라고 하고
중국인들은 '木m4' 라 하잖아요?
그러니까 '나무'와 나는 아무 상관이 없어요.
그건 한국 사람들이 부르는 이름이지 내가 아니어요.
세상의 모든 것은 사람들이 지어 붙인 이름일 뿐
'나'가 아니어요.
원래부터 '나'는 없는 거요.
사람들은 웃겨요. 이름을 실재라고 생각해요.
'며느리밑씻개'니 '도깨비바늘'이니, '개불알꽃'은
며느리 밑을 씻는 게 아니고, 도깨비의 바늘이 아니고, 개
의 불알이 아니잖아요?
'개'니 '광주리'는 그 아이가 개나 광주리가 아니듯 말이어요.

그러니 아왜나무도 아무 의미가 없어요. 아왜나무여야 할
이유가 없어요.
요강은 원래부터 요강이 아니고, 항상 요강이 아니어요.
화병이 될 수도 있고, 꿀단지가 될 수도, 신이 될 수도 있어요.
그러나 이름이 없으면 그것도 없어요.

아, 왜? 나무

좌파 : 우파

– 왼손잡이나 오른손잡이보다 양손잡이가 수월하다.

오랜 세월 동안 어른들은 오른손만 강제해 왔어. 그래서 사
람들이 대부분 오른쪽으로 기울어졌지만 어느 손이 우수하
고 어느 손이 열등한 게 아니야.

지금도 사람들은 시를 쓸 때 '왼쪽 정렬'을 강요당해. 꼬리
야 어찌됐던 대가리만은 한 줄에 맞추라고 강제당하지. 그
러나 오른쪽 정렬을 한다고 생난리가 나는 게 아니야. 그렇
게 한다고 해서 시가 소설이 되는 게 아니지.

나는 쪽파도 대파도 아니고 좌파도 우파도 아닌 양파야. 그
래서 이 시간 이후부터 가운데 정렬을 고집하겠어.

보든 건 가운데가 중심中心이야.

코도 가운데 있고, 입도, 배꼽도, 거시기도 가운데 있지?
귀는 양쪽에 있고 눈도 양쪽에 있는데? 그건 균형을 맞추라
는 거지. 다리가 하나만 있으면 어떻게 되겠어? 하나만 있는
것도 있는데? 그건 크기와 무게에 따라 좌우로 균형을 맞추
지. 심장은 왼쪽에 간은 오른쪽에 두었지.

그래서 좌우가 있고, 암수가 있고, 남녀가 있는 거지. 남녀
가 합치면 불이나지. 참 희한하지? 불이 났는데 왜 생명이
태어나지? 그러므로 좌파와 우파는 있어야 해. 네가 있어야
내가 있듯이. 그러니 싸우지 말어. 왼손도 있고 오른손도 있어

야 해. 서로 교대하면 되는 거야. 왼손이 일할 땐 오른손이 쉬거나 도와주고, 오른손이 일할 땐 왼손이 그렇게 하는 거야.

가만히 생각해 보아. 지구가 돈다는 건 정말 다행이야. 만약 지구가 정지해 있다면 어떻게 되겠어? 태양의 반대쪽은 항상 어둡고 추워서 생명이 못 살겠지? 그리고 회전 궤도가 일정하여 태양에서 늘 멀거나 늘 가깝다면, 늘 춥거나 늘 더워서 못 살겠지? 참 절묘하지 않아? 신이 그렇게 한 것일까?

힘의 균형! 이거야. 좌우의 균형, 상하, 고저, 강약, 장단의 균형!

그러니 서로 싸우지 말어! 서로 사랑해! 그리하여 예쁜 아기를 낳아!

나는 이제부터 좌우를 통합하는 양손잡이가 될 거야.

그래서 시를 쓸 때 왼쪽 정렬만 하지 않고 오른쪽 정렬도 할 거야.

아니 가운데 정렬을 할 거야. 중심中心에 중심重心을 둘 거야.

아니 중심中心에 중심衆心을 모을 거야.

결국 모든 건 가운데서 하나로 만나는 거야. 서로 싸우지만 결국 모든 나라는 중국中國*이 될 거야.

* 가운데 나라 곧 중도中道의 나라. 중화인민공화국을 가리키는 말이 아니다.

이것도아니고저것도아니다.

이것도아니고 저것도아니다. 이것도 아니고 저것도 아니다.
이것 도 아니고 저것 도
아니다. 이 것 도 아 니 고 저 것 도 아 니 다.
언어를 처단하라.

이름을 몰라야

이름을 몰라야
진짜 너를 안다.

이름을 몰라야 잎도 보고 꽃도 보고 가지도 본다.
자세히 보고, 오래 본다.

그래도 너를 제대로 본 게 아니다.
너의 뿌리는 아직 한 개도 보지 않았다.
너의 진짜를 알려면 너의 뿌리를 봐야 하고
그 뿌리가 다른 나무뿌리와 어떻게 얽혀 있는지를 봐야 하고
그 뿌리는 또 다른 나무의 뿌리와 어떻게 얽혀 있는지를
살펴야 하고 …
또 네 옆의 나무나 풀들을 살펴야 하고
어떤 새가 날아와 깃들이는지를 살펴야 하고
지나가는 바람을 살펴야 하고 …
결국 우주를 뒤적여야 하고, 또 우주 너머를 살펴야 하지.

이렇게 이어진 것을 모두 살피려면 죽을 때까지 살펴도 다
못 살피지.
이렇게 모든 존재의 의미는 차연差延되는 거야.

우리에게는 진짜 네가 없어.
하찮은 풀꽃 하나라도.

포옹

인공의 사각형이 원형의 자연석을 껴안는다

바위가 풀을 품어 안는다

철판이 나무를 낳는다

거북이와 토끼가 성교를 한다

피가 역류한다

하늘도 없고 땅도 없다

하늘도 있고 땅도 있다

없다가 있다를 포옹한다

처음부터 포옹은 없었다

장미축제

사람들은 자기가 장미인 줄 모르고
장미가 되려합니다.
눈에집어넣고, 귀를대고, 끌어안고, 덮어쓰고
카메라로 꾸욱 꾹 박음질을 했습니다.

앞으로 갔다 뒤로 갔다 옆으로 갔다
온갖 짓을 다해 보지만
장미는 한 장도 찍히지 않았습니다.

장미는 언제나 장미가 아니다.
그들도 하루에도 백 번씩 절망한다.
절망함으로써 예뻐진다.
장미, 장미, 장미… 질식할 것만 같은

그러나 내가 장미의 내장 속으로 들어갔을 때
수백 장의 장미가 찍혔고
나는 장미가 되었습니다.

– 당신 어디서 왔어요?
– 나는 오지도 가지도 않았습니다. 지금 여기 있습니다.
그러나 장미는 말했습니다.
– 나는 언제나 여기 있지만 여기 있지 않습니다.

사이펀
현대시인선
22

아닌 것도 아니고 아닌 것도
아니고도 아니고

강준철

13

시는 작자의
것이 아니다

시 창작 2

* 당신들은 다음 단어를 조합하여 머릿속에서 각자 다른 시
  를 창작할 수 있습니다.

호수

플라밍고

그림자

실재, 상식, 편견

경악

그림자, 새, 끌다

하늘, 땅

존재.

시 창작 3
- 시는 독자가 창조한다.

* 당신은 다음 단어들을 가지고 머릿속에서 시를 쓰고 즐
  길 수 있습니다.

#새

#달

#무지개

#기화요초

#죽음

#황무지

#구름

#물다

*단, 1. 상상력을 발휘할 것. 2. 새로운 발상을 할 것.
  3. 비유와 상징을 많이 쓸 것.

사이펀
현대시인선
22

아닌 것도 아니고 아닌 것도
아니고도 아니고

강준철

14

사진과 시의 만남

테트라포드의 저항

우리

테트라포드처럼 스크럼을 짜고

불의의 폭풍에

맞서자

우리의 사각형을 위하여

눈

고기들이 착하게 누워 있네
그러나
눈을 감지 못했네

매화

매화

달려온 너
누가 막으랴

코로나 바이러스도
핵무기로도
강철 이념으로도

기뻐하라
온 백성이여!🐱

왜가리

왜가리

왜가리는 명상의 고수
그가 명상에 들면
물고기들이 구름처럼 모이고
파도는 아가처럼 잠든다

사이펀
현대시인선
22

아닌 것도 아니고 아닌 것도
아니고도 아니고

강준철

15

우리는 서로 만진다

대화 4

산길을 간다. 혼자서

나무와 풀들을 본다
그들도 나를 구경한다
이상한 놈이 나타났다는 듯

새가 나무 위에 앉아 있다
새가 고개를 갸웃갸웃하다
가까이 가자 휘릭 날아간다

들고양이가 나를 노려보더니 몸을 둥글게 만다
눈에 살기가 번쩍인다
나도 노려 보았다

꿩 한 마리가 푸드득 날아올랐다
그도 놀라고 나도 덩달아 놀란다

뱀이 혀를 날름거리며 나를 노려보았다
나도 노려보았다

우리는 서로 본다

내가 볼 때 그도 나를 유심히 본다
눈이 없는 나무나 풀도

사물들은 서로를 경계한다
서로가 서로를 모르기 때문이다

앞만 보지 말고 뒤도 보자

소나무가 허공을 밀어낸 것이 아니라
허공이 소나무가 들어오도록 물러나 준 거야
느티나무가 산을 가린 것이 아니라
산이 느티나무를 앞세우고 뒤에 숨은 거야
강이 땅을 깎은 것이 아니야
강이 활개를 펴고 지나가도록 땅이 살점을 조금 떼어 준 거야
우린 배경이나 그를 낳아 준 어머니에 대해선 무관심해
이제 오른손만 사용하지 말고 왼손에게도 사랑을 주자
앞쪽만 보지 말고 뒤쪽도 보자
제발, 천국에만 기도하지 말고 지옥에도 기도하자.

살

내가 꽃들을 보자 꽃들도 나를 유심히 바라보았다.
내가 철봉에 매달리자 철봉이 나를 잡아 당겼다.
내가 트랙을 밟자 트랙이 나를 밀어올렸다.
내가 치자꽃에 코를 갖다 대자
치자꽃도 킁킁거리며 나의 냄새를 맡았다.

내가 그들을 만지면 그들도 나를 만졌다.
눈을 감자
그들의 푸른 영혼이 만져졌다.
그러나 그들도 나의 영혼을 만졌다.

드디어
우리는 꽃으로 피었고 별을 보며
먼 여행길에 올랐다.

불이不二의 시학

1. 서론

1.1. 연구의 목적과 필요성

한국 현대시의 서정시 중심의 흐름은 100년 가까이 거의 변화가 없다. 주지시나 주의시는 거의 없고, 서사시나 극시나, 장시도 별로 없다. 한마디로 다양성이 없다. 서정시 자체도 별 변화가 없다. 한 세기가 지났는데도, 세상이 그렇게 빨리 많이도 변했는데도 문학 특히 시가 변화가 없다는 것은 이상하다.

포스트모더니즘 논의도 80~90년대 질풍노도의 시대를 지나서 문화의 대격변시대인 지금은 문화 소강상태 아니 그보다는 문화 전 영역에서 내면화 과정을 겪고 있다고 할 수 있다. 그러나 그것은 새롭게 바뀌어야 한다. 역사와 사회에 대한 문학의 예술적 책임은 언제나 문학을 현실에 알맞게 대응하게 하고 미래를 전망하게 만드는 것이다.(정정호, 「영미문학과 탈근대론」, 《월간문학》 596호, 2018, 참조) 필자는 이 시점에서 우리 시에 어떤 면으로든지 변화가 있어야 한다고 생각한다. 시에 변화가 없다는 것은 시론에 변화가 없다는 뜻이 된다.

그래서 시대·사회에 맞는 보편적인 시학이 필요하다고 보아서 나름의 시학을 정립하고 미래의 시를 전망하고자 한다.

1.2. 연구의 방법

문예사조를 보면 시의 이론은 대개 당시의 철학사상에 바탕을 두고 있다. 그래서 철학사상 일반과 몇 가지 개별 철학·기타에서 시학의 토대를 찾아 시학을 정립하고자 한다. 또한 문예사조에서도 필요한 요소를 추출하여 이론화하고자 한다.

필자가 새로운 시학의 토대를 철학사상에서 찾고자 하는 이유는 다음과 같다.

첫째는 모든 문학 이론은 철학사상에 바탕을 두어야 타당성과 보편성을 확보할 수 있기 때문이고, 둘째는 문학은 작가의 인생관이나 세계관, 그리고 자의식 등과 폭넓게 연관되기 때문이다. 셋째는 시어는 존재를 현시하기 때문에 가장 본질적인 언어이며 따라서 시는 〈언어에 의한 존재의 정립定立〉 Worthafte Stifung des Seins 으로 정의되며, 인간을 비롯한 사물의 본질과 진리를 드러내기 때문이며(김준오 『시론』, 문장사, 1982, 76-78쪽), 넷째는 문학의 본질이 세계와 자아의 상호관계에 대한 철학적 접근이기 때문이며, 다섯째는 세계(존재)는 그것을 무엇으로 보는가(존재론)와 어떻게 보는가(인식론), 가치 기준을 어디에다 두느냐(가치론)에 따라 달라지며, 예술은 미의 기준을 어디에 두느냐(미학)에 따라 달라지기 때문이다.

이상의 사상에서 새로운 시학 수립에 필요한 요소를 추출할 때는 변증법적 또는 상대주의적, 양자적 입장을 취하고자 한다.

2. 본론

2.1. 시학의 이론적 토대

2.1.1. 철학 일반에서

2.1.1.1. 존재론적 질문存在論的 質問

여기에는 ①존재는 하나인가?(단원론)/ 여럿인가?(다원론), ②존재의 본질은 물질인가?(유물론)/ 정신인가?(유심론), ③존재는 인과의 결과인가?(인과론)/ 목적 달성을 위한 것인가?(목적론), ④존재는 불변인가? 즉 실체가 있는가? 있다면 그 실체를 인식할 수 있는가? 등의 쟁점이 있는데 ①은 현상은 다원론, 존재는 단원론, ②는 유심론, ③은 인과론을 취하고자 한다. ④는 모든 것은 상호관계에 의존해서 변화하는 것이므로 실체(본질, 본체, 自性)는 없다. 즉 공空(제법무아)으로 보는 입장을 취한다. 실체의 인식 여부는 인간의 감각기관의 불완전성, 인식능력의 한계, 인식도구인 언어의 불완전성, 선입관의 방해 등으로 인식할 수 없다고 생각한다. 칸트도 물자체物自體는 인간이 이해할 수 없다고 하였다. 결론적으로 항구적이고 그 자체로 존재하며, 고정불변적인 것(실체)은 없다. 따라서 실체가 없으므로 실체는 인식할 수 없다. 인식론적으로 인간은 사물을 있는 그대로(如如) 볼 수 없다. 그러므로 우리가 아는 것은 실재가 아니고 허구다.

위와 같은 존재론은 우리의 인식과 불가분의 관계를 가지기 때문에 인식론을 살펴보지 않을 수 없다.

2.1.1.2. 인식론적 질문認識論的 質問

첫 번째 질문, 진리란 무엇인가?
여기에는 ①모사설, ②실용주의적 진리설, ③진리는 주관에 의해 구성된다는 구성설構成說, ④명증설明證說이 있는데 본고는 ④심안心眼에 직접적으로 명석하고 판명하게 명증明證으로 나타나는 것이 진리라는 명증설을 수용하고자 한다.

두 번째 질문, 인식은 어디서 기원하는가? 세 가지 설 중, 인식은 후천적 경험적인 요소와 선천적 형식적인 요소(이성)에 의해서 종합되고 통일됨으로써 이루어진다는 칸트Kant의 선험적 비판론先驗的 批判論을 수용한다.

세 번째 질문, 인식은 한계가 있는가? 여기서도 세 가지 설 중 모든 지식은 상대적이고 개연적이다. 모든 인식은 인간을 기준으로 판단한 것이라는 회의론을 취하고자 한다. 이유는 인간의 인식의 한계를 인정해야 하고, 지식

의 상대성, 개연성, 불확정성, 인간 중심성을 믿어야 할
것 같기 때문이다.

네 번째 질문, 무엇이 인식의 대상인가?

여기에는 실재론에 세 가지, 관념론觀念論에 두 가지, 현
상론現象論 한 가지 설이 있는데 인식은 의식 속에 있으나,
대상은 의식작용을 초월하여 있다. 개별 대상을 파악할
것이 아니라 대상의 관계를 파악하는 것이 진정한 인식
이라는 신실재론新實在論을 수용한다.

2.1.1.3. 가치론적 질문價値論的 質問

여기에는 다섯 가지 쟁점이 있는데 가치는 주관적이며,
상대적이고, 이름뿐이며, 가치의 우열은 해체되어야 하
며, 주관에 의해 창조되는 것으로 보고자 한다. 그러므로
절대적으로 우수한 작품은 없다. 또한 문학의 가치는 시
대에 따라 끊임없이 변한다.

2.1.1.4. 미학적 질문美學的 質問

① 미의식은 어떻게 변해왔나?

피타고라스Pythagoras의 "미는 조화다."부터 플라톤Pla-
ton의 "예술은 이데아의 세계를 원형原型으로 하는 현실계
인 자연(이데아의 모방)을 다시금 모방하는 것이다.", 아리스
토텔레스Aristoteles의 "예술은 자연의 모방이다. 예술의
가치는 카타르시스Katarsis(淨化, 排泄)에 있다."에 이르기까
지의 18가지의 미의식사美意識史를 살펴 본 결과 다음과

같은 내용을 취하고자 한다.

'모방의 모방이 예술'이라는 말에서 혼성모방의 개념을 추출할 수 있으므로 수용하고, 예술의 목적을 미적 쾌감(카타르시스)에 두며, 엑스타시를 맛보는 미학을 추구할 필요가 있다고 생각한다. 미는 형식임을 인정한다. 미에 대한 인식을 전환(추도 미와 동일하게 가치가 있다)한다, 다양성의 통일이 미의 원리라는 개념과 미는 관계 속에서 성립한다는 입장을 취한다.(이상, 박준택, 『哲學』, 박영사, 1979, 참조)

2.1.2. 개별 철학 · 기타

여기서는 몇 개의 개별 철학 · 기타 몇 가지를 살펴보고 그 공통점을 뽑아서 나의 시학의 근거로 삼으려 한다.

2.1.2.1. 이기철학理氣哲學

조동일님은 이기철학으로 국문학의 일반이론을 정립하여, "氣가 대립으로 존재한다는 것은 문학작품이 대립으로 존재한다는 것을 말한다. 문학작품은 하나이면서 무수히 많은 부분으로 이루어져 있다. 그러나 무수히 많은 부분은 서로 무관하게 독립적으로 존재하지 않고 대립적으로 존재하며 작품 자체는 그 대립의 총체다."라고 하였다.(조동일, 『한국소설의 이론』, 서울, 지식산업사, 1979, 35-37쪽)

2.1.2.2. 주역周易

주역은 분열의 원리이며 화합을 중요시한다. 음양의 조

화로 모든 것은 발전하고 생성하는 것이기 때문에 인간 관계도 서로 화합(하나가 되는 것)하는 것이 발전과 번영의 기초가 된다고 보는 것이다. 음양陰陽(현상)이 태극太極(본질, 우주의 근본)이다. 대립하면서 화합하는 원리다. 이것(떨치면 서 당긴다. 상극相剋하면서 상생相生한다)은 모순이다. 그러나 그것 이 태극(본질, 진리)이다.(남만성 역, 『周易』, 서울, 현암사, 1967, 참조)

2.1.2.3. 연기설緣起說

일체의 존재는 모두 상대적 의존관계 위에 이루어졌으 며, 모든 존재는 인연에 의한 일시적 화합물이다. 모든 존 재는 그 자체의 이유만으로 존재하지 않으며(無自性), 항구 적이지 않으며(일시적, 불확정적) 고정불변의 실체가 없다는 것이다. 이는 모든 것이 인연으로 연결되어 있어서 둘이 아니고 하나라는 불이사상不二思想과 유사하다.

연기설은 시의 구조의 요소(부분)들이 서로 영향을 주면 서 얽혀져 전체(하나)에 봉사하고 있다는 원리를 설명하는 데 좋은 방법을 제공한다. 구조주의와 매우 유사하다.(『철 학대사전』, 서울, 학원사, 1964, 참조)

2.1.2.4. 변증법辨證法

변증법은 1)대립의 통일, 2)양의 질로의 변화, 3)부정의 부정, 4)이론과 실천의 통일이 특징이다. 여기서 1)이 불 이사상과 관련된다.

변증법의 가장 근본적인 특징은 모순을 용인하는 점에 있다. 모순이란 헤겔에 의하면 〈대립의 통일〉이라고 말한다. 이 대립을 내포하지 않는 것은 〈하늘에도 없고, 땅에도 없으며, 정신세계에도 없고, 자연계에도 없다〉고 했으며, 모든 구체적인 것은 〈대립의 통일〉 즉 모순을 내포한 것으로 보며, 세계를 움직이는 것도 이 모순이라고 보며, 이 모순이 모든 사물의 진상眞相이기 때문에 우리의 사고까지도 모순을 통하여 진행되기를 요구한다.(앞의 책, 414~415쪽)

2.1.2.5. 구조주의構造主義

하나의 문학작품(전체)은 구성 요소들(부분)의 상호관계의 총합이다.(이상섭, 『문예비평용어사전』, 서울, 민음사, 1980, 참조) 이것은 위의 이기철학, 주역, 변증법의 원리와 꼭 같은 이치이다.

위의 다섯 가지 사상은 궁극적으로 일치하는 데가 있다. 이는 둘(다른 것)이 하나로 연결되어 있다는 것이다. 이 다섯 가지의 공통점은 문학작품(전체)은 구성 요소(부분)들의 상호관계의 총합이라는 것이다.

2.1.2.6. 해체주의

데리다는 후기구조주의를 철학의 영역에 적용하여 '해체주의'를 창안하였다.

이는 세계가 하나의 (언어적)구성물(허구)에 지나지 않는다는 인식론을 전제로 한다. 서구 철학은 우열의 이항대립적 개념으로 전개되었는데 이러한 개념들은 실제로 있는 것이 아니라 기표가 만들어낸 허구의 것에 지나지 않는다. 그래서 이항대립의 해체를 주장한다. 그러니까 모든 의미(관념)는 불확정적이고 차연된다. 영원불변의 것이 아니다. 우열도 없다.(목영해, 「해체주의(deconstruction)란 무엇인가?」 《부산시단》, 2018, 겨울호, 33-42쪽)

2.1.2.7. 후기구조주의(언어학)

언어학에서 중요한 것은 후기구조주의 언어학이다. 그것은 종전의 기의 우선주의의 기호론을 반대로 뒤집었기 때문이다.

후기구조주의는 기의가 기표에 우선하는 것이 아니라, 기표가 기의에 우선한다. 기표 사슬망에서 보았듯이, 기호의 의미는 기표들이 만들어내는 거미줄 같은 관계망에 따라 뭉게구름이나 포도송이같이 생성될 뿐이다.

데리다는 '텍스트는 기표들의 놀이터'라고 주장한다. 텍스트란 저자가 의도하는 기의를 드러내기 위한 기표가 담겨 있는 곳이 아니라, 기표가 놀이하듯 기의를 만들어 내었다 부수고 하는 장소라는 것이다.(앞의 책, 참조)

프랑스류의 (포스트)구조주의자들은 실제라든지 허구조차도 없고 다만 텍스트 또는 텍스트만이 있다고 주장한다. 모든 인간 경험은 언어와 그 언어의 다양한 부호들의 토대 위에 이루어지므로 허구와 실제를 구별한다는 것 자체가 무의미하며 실제도 또 하나의 텍스트로 보는 것이다.(정정호, 앞의 책, 참조)

2.1.2.8. 불교의 언어관

언어(이름) 이전에는 나가 없다.

이것과 저것의 차이점과 유사점을 구분하여 분류하는 것은 사물 그 자체와 무관하게 '말의 차이' 또는 '개념의 차이'에 의해 이루어진다는 것이다. 따라서 말에 따라 보이는 세상도 달라지게 되어 있다. 우리가 인식하는 세계는 말에 의해 건립된 허구의 세계다. 그런데 본래의 세계, 언어 이전의 세계는 아무런 구분이 없다. 어떤 것을 표현하는 말이 있어야 비로소 그것은 다른 것과 구분되어 존재하게 된다.

이처럼 언어는 본래부터 있던 것을 그대로 나타내는 거울이 아니다. 따라서 언어가 보여주는 그대로를 진실이라 믿고 집착하면 큰 오류를 범한다.(김사업, 『인문학을 좋아하는 사람들을 위한 불교 수업』, 139-144쪽, 2018. 불광출판사)

2.1.2.9. 양자학

존재는 고정성이 아니라 위상성位相性(전이 가능성=변화성=불확정성)을 띠고 있다. 양자역학의 논리는 불확정성이다. 슈뢰딩거의 고양이 사고 실험에서 고양이의 생사는, 양자역학은 "살아 있으면서 동시에 죽은, 죽어 있으면서 동시에 살아 있는" 중첩의 상태를 제시한다. 물질과 언어도 이와 같이 중첩성을 가진다. 따라서 시어도 불확정적이며 중첩성을 띠어야 한다. 일즉다一即多, 다즉일多即一의 경지처럼. 양자적이라는 것은 병렬성, 동시성, 예측불가능

성을 속성으로 한다.(김영삼, 「위상학적 시론詩論을 위한 시론試論」 -

전동진, 「포에톨로지」, 《문예연구》 108호, 2021, 봄호, 참조)

2.1.3. 문예사조에서

문예사조는 변증법적 발전을 해 왔다. 새로운 사조는 전
시대의 사조에 대한 반동이었다. 낭만주의는 고전주의에
대한 반동이며, 자연주의나 사실주의는 낭만주의의 반동
이다. 세부적으로 보면 차이가 있지만 크게 보면, 문예사
조는 낭만주의와 사실주의의 교체 반복이라 할 수 있다.
현시대의 가장 중요한 문예사조는 포스트모더니즘이라 할
수 있다. 따라서 미래의 시가 취할 수 있는 사조는 포스트
모더니즘의 수용과 극복이라 할 수 있다. 여기서 본고가
취하고자 하는 포스트모더니즘의 특성을 살펴보면 다음과
같다.

포스트모더니즘의 주요 이론가인 이합 핫산Ihab Hassan은
포스트모더니즘의 일반적 인식소로 ①불확정성 ②단편화
③탈정전화脫正典化 ④자아의 상실 ⑤재현 불가능성 ⑥아이
러니 ⑦혼성모방 ⑧대중주의 ⑨수행성(퍼포먼스) ⑩카니발
화 ⑪보편 내재성 ⑫구성주의를 제시하였다. 이와 같은 인
식소들은 포스트모던 문학의 특징들과도 밀접한 관계가
있다.

일반적으로 예술분야에서 모더니즘과 포스트모더니즘
의 차이는 포스트모더니즘이 순수주의보다 복합주의를,
양식적 통합보다 다양성을, 자율성(자족성)보다 우연성이나

상호 연계성을 더 강조하는 데 있다고 할 수 있다.(정정호, 앞의 책, 참조)

포스트모더니즘의 특징적 인식소인 의미의 불확정성과 재현 불가능성은 〈기표〉와 〈기의〉 사이의 자의적이고 유희적인 관계 때문에 생겨난다. 이는 해체주의와 관계가 깊다.(앞의 책, 참조)

2.2. 불이不二의 시학

위의 제 사상을 요약하여 나의 시학의 토대를 마련한다.

2.2.1. 시의 내용적인 면

1. 존재는 실체가 없으며, 우리가 아는 것은 실재實在가 아니고 허구虛構라는 점을 인식하고, 독자들이 그러한 착각에서 벗어남으로써 기쁨을 맛보게 하는 시를 쓴다.
2. 인식에는 한계가 있으며, 지식의 상대성, 개연성, 불확정성, 인간 중심성을 확신하고, 사물을 인식할 때는 대상의 관계를 파악하는 태도를 취한다.
3. 가치는 주관적이며, 상대적이고, 이름뿐이며, 가치의 우열은 해체되어야 하며, 주관에 의해 창조되는 것으로 보는 입장을 취한다.
4. 예술의 목적을 미적 쾌감(카타르시스)에 두며, 엑스타시를 맛보는 미학을 추구한다. 미는 형식임을 인정하며, 다양성의 통일이 미의 원리이며, 미는 관계 속에서 성

립한다고 생각한다.

5. 개별 철학의 네 가지(이기철학, 주역, 변증법, 구조주의)의 공통점은 존재가 〈대립하면서 화합한다는 것(모순)〉이고, 연기설은 〈상대적 의존관계〉에 있으며, 인연에 의한 일시적 화합물이라는 것이다. 따라서 시도 요소들이 대립하면서도 화합하는 시를 쓴다.

6. 세계가 하나의 (언어적)구성물(허구)에 지나지 않는다는 해체주의를 수용한다. 모든 의미(관념)는 차연되고 불확정적임을 인정한다.

7. 기표가 기의에 우선하며, '텍스트를 기표들의 놀이터'로 본 후기구조주의를 수용한다. 실제라든지 허구조차도 없고 텍스트만이 있으며, 실제도 또 하나의 텍스트로 본다.

8. 우리가 인식하는 세계는 말에 의해 건립된 허구의 세계다. 그러므로 본래의 세계와 거리가 멀다. 본래의 세계, 언어 이전의 세계는 아무런 구분이 없다. 어떤 것을 표현하는 말이 있어야 비로소 그것은 다른 것과 구분되어 존재하게 됨을 인정한다. 본래의 세계에 다가가려는 시를 쓴다.

9. 양자역학의 논리는 불확정성이다. 양자역학은 중첩의 상태를 제시한다. 물질과 언어도 이와 같이 중첩성을 가진다. 양자적이라는 것은 병렬성, 동시성, 예측불가능성을 속성으로 한다. 따라서 시어詩語도 불확정적이며 중첩성을 띠어야 한다(일즉다—卽多, 다즉일多卽一의 선적 경지처럼)는 주장을 수용한다.

10. 문예사조는 변증법적 발전을 해 왔다. 즉 대립의 통일이 원리다. 따라서 시도 대립의 통일을 지향해야 한다. 그중 포스트모더니즘의 여러 인식소에서 불확정성, 재현 불가능성, 혼성모방, 구성주의를 취한다.
11. 융합이 창조임을 믿으며, 서로 다른 사상을 비교하거나 하나로 융합하는 시를 쓴다.

2.2.2. 시의 형식적인 면

내용이 형식을 결정하므로 위의 내용을 바탕으로 나의 시학의 형식적 측면을 모색해 보면 다음과 같다.

1. 존재가 실재가 아니고 허구라는 점을 강조하는 형식의 시. 실체가 없으므로 실체니 본질이니 하는 개념(보편자)을 추구하기보다 개별자 또는 비개념적인 것을 파악하고 해명하는 형식의 시.
2. 대상을 상대적, 불확정적, 주관적으로 인식하고, 대상의 관계가 의미를 나타내는 형식의 시.
3. 가치는 주관적이며, 상대적이기 때문에 가치의 우열(차별)을 없애는 시를 쓴다. 다시 말해 우열을 동등하게 놓거나 열등한 것을 옹호하는 형식을 취한다.
4. 미적 쾌감을 주기 위하여 낯설게 하기(언어 비틀기, 인식의 갱신)를 많이 하며, 역설법, 반어법, 풍자법, 절대적 이미지, 패러디 등의 수법을 많이 사용하여 애매성(다의성)이 풍부한 작품을 쓴다. 엑스타시를 주기 위하여 환상

과 초현실주의적 수법을 많이 도입한다.

5. 존재가 대립하면서 화합하는 것이므로 시의 여러 요소들을 대립되게 구성하되 이들이 화합하는 형식을 취한다.

6. 세계가 언어적 구성물(허구)에 지나지 않고, 모든 의미(관념)는 차연되고 불확정적이므로 모든 이항대립을 해체하는 시를 쓴다.

7. 기표가 기의에 우선하며, 텍스트가 기표들의 놀이터이므로 기표 중심의 시를 쓴다.

8. 우리가 인식하는 세계는 말에 의해 건립된 허구의 세계이며, 본래의 세계, 언어 이전의 세계는 아무런 구분이 없으므로 둘을 대조 또는 병치하는 시를 쓴다.

9. 시어詩語를 불확정적이고 중첩성을 띠게 표현한다.

10. 포스트모더니즘의 인식소인 불확정성, 재현 불가능성, 혼성모방, 구성주의에 바탕을 둔, 자유롭고 다양한 형식과 표현을 실험한다.

2.2.3. 불이의 시학

위의 제 사상을 종합적으로 보면 그 중심은 '대립의 통일'이다. 즉 둘이면서 하나이다. 나는 이것이 시의 본질이고 형식이라고 생각한다. 나는 이것을 불교의 불이사상不二思想을 빌어 〈불이不二의 시학詩學〉이라고 명명하고자 한다.

불이사상은 이 세계(존재자=하이데거의 용어)의 본질(존재, 실체)이 둘이 아니고 하나라는 뜻이다. 현상은 둘(다름, 차이)이지만 본질은 하나(같음)라는 사상이다. 그것은 다른 말로 '무분별'이며, '경계 허물기'라고 할 수 있다. 이는 이원론적 대립의 해체 (이항 대립의 해체)와 같은 것이다.

하나(불이)라는 말에는 만상이 평등하다는 평등사상과 만상이 연결되어 있다(상호의존성)는 인연사상이 포함되어 있기도 하다. 평등하다는 것은 차별하지 않는다는 것으로 종교, 사상, 인종, 성性, 계급, 연령, 빈부 등에서 차별을 하지 않는다는 생각이다. 경계를 허문다는 것과 같다. 연결되어 있다는 것은 우주 만물이 서로 연관되어 있으며, 서로의 조건이 된다는 뜻이다. 타자를 인정하는 것, 다름을 인정하는 것 등이 포함된다.

둘은 분별, 이성적 사고, 떨어져 있음, 논리, 분리, 분열이며 이는 불행(불안)의 원인이고, 하나(불이)는 무분별, 감성적 사고, 이어져 있음, 비논리, 합일, 포용(통합)으로 행복(평안)의 원인이다.

불교가 이와 같이 세계(존재자)가 둘이 아님을 강조하는 것은 세상을 둘(차별)로 보면 번뇌(괴로움)가 생기기 때문이다. 불교의 최고의 목표는 번뇌에서 벗어나 열반에 이르는 것이다.

여기서 필자는 이를 토대로 예술도 둘이 아닌 하나가 되어야 한다고 생각한다. 둘(서로 대립되는 것, 모순)이 하나가 되는(통일) 예술, 그것이 우리가 지향해야 하는 예술이라고 생각하는 것이다.

불이사상을 대립의 통일로 볼 때, 이와 유사한 사상은 위에서 고찰한 것처럼 존재론, 인식론, 가치론, 미학 등 철학 일반과 이기철학, 주역, 연기설, 변증법, 구조주의 등 개별 철학과 해체이론, 언어학, 양자학, 문예사조 등에서도 발견되는 사상이다. 불이시학不二詩學은 이런 진리를 토대로 한다.

2.3. 시학의 적용

위의 시학을 확대하여 전위시에 적용해 보고자 한다.

2.3.1. 한국 전위시의 역사

필자는 2020년 「'새로운 시'의 도래를 위하여」라는 시론을 여섯 번째 시집 『외로운 새로움』(부산, 작가마을)에 발표한 바 있다.

거기서 전위시의 역사를 살펴보고, 새로운 전위시의 방향과 전망을 제시한 바 있다.

필자는 거기서 "한국 시사詩史에서 형식적 전위(미적 전위)는 이제 거의 한계에 왔다. 그러므로 앞으로는 내용적 전위(사상적, 철학적 전위)에 대해 더 고민해야 할 것이다."라고 말한 바 있다. 그러나 전위시는 어느 시대에나 있는 것이므로 새로운 시에 대한 열망을 멈추어선 안 되고, 내용적 전위는 존재론, 인식론, 가치론 등 철학적 변혁에 의해서 가능하다고 본다. 그리고 형식적 전위는 내용적 전위에서 찾아질 수 있다고 본다.

2.3.2. 새로운 전위시에 대한 전망

2020년에 제안한 전위시는 다음과 같다.

형식면: 단시(음운시, 어절(단어)시, 1행시, 2행시, 3행시), 애너그램(anagram, 語句轉綴, 철자바꾸기), 사설시조풍, 판소리풍, 그림시, 의미 조합시, 옴니버스식 시, 디카시, 영상시, 언어혼성시(비·속어, 은어, 약어, 인터넷 언어, 사투리, 외국어 등의 혼성의 시), 디지털 문명의 메카니즘을 이용하는 시(비선형시, 쌍방향성 시, 실시간성 시).

내용면: 철학시, 연기緣起의 시, 수학적 시.

제작 방식면: 공동창작시, 담화시(대화시).

여기서 필자는 다시 앞의 시론을 바탕으로 이미 이루어진 전위시를 제외하고 새로운 전위시를 추가적으로 제안하고자 한다.

⟨내용면⟩
1. 존재는 실재實在가 아니고 허구虛構라는 점을 인식시켜 독자들이 그런 착각에서 벗어나 기쁨을 맛보게 하는 시.
2. 인식에는 한계가 있으며, 지식의 상대성, 개연성, 불확정성, 인간 중심성을 확신하고, 사물을 인식할 때는 대상의 관계를 파악하는 태도를 취하는 시.
3. 가치는 주관적이며, 상대적이고, 이름뿐이며, 가치의 우열은 해체되어야 하며, 주관에 의해 창조되는 것으

로 보는 시. 즉 경계를 해체하는 시.

4. 타자(상대, 객체, 대립의 저쪽)의 가치를 적극적으로 옹호하
   는 시.

5. 예술의 목적을 미적 쾌감(카타르시스)에 두며, 다양성의
   통일이 미의 원리이며, 미는 관계 속에서 성립한다고
   생각하는 시.

6. 불확정적이며 중첩성을 띤 시. 즉 선시禪詩 같은 시.

7. 극서정시.

8. 극단적 참여시(정치시).

9. 서로 다른 사상을 비교하거나 하나로 융합하는 시.

〈형식면〉

1. 타 문학 장르와의 융합에 시조와 경기체가, 향가, 고려
   속요 등을 포함시켜 시간의 경계를 허물고, 비예술과
   의 융합에 광고문을 포함시킨다.

2. 대상을 상호관계로 파악하기 위하여 개별자의 이미지
   를 비교 대조하여 의미가 어떻게 변화하는가를 살피는
   형식으로 쓴다.

3. 모든 의미는 불확정적이고 텍스트는 기표들의 놀이터
   라는 생각에서 기표 중심의 시 - 절대적 이미지의 시
   를 쓴다. 또한 기표들의 다양한 배열, 활자체의 혼성,
   기표들이 혼성되는 시를 쓴다.

4. 대립적인 것을 등식으로 놓는, 이항 대립적 우열을 해
   체하는 시. 보기: 부처 = 똥막대기 = 찌그러진 깡통.
   선시禪詩들.

5. 미적 쾌감을 주기 위하여 낯설게 하기(언어 비틀기)를 많이 하며, 역설법, 반어법, 풍자법, 절대적 이미지, 패러디 등의 수법을 많이 사용하는 시.
6. 엑스타시를 주기 위하여 환상과 초현실주의적 수법을 많이 도입한 시. 비문법, 비통사, 비의미론적인 시.
7. 존재가 대립하면서 화합하는 것이므로 대립하면서 화합하는 시. 보기: 이미저리의 대립, 시간의 대립, 현실과 이상의 대립, 사상의 대립 등.
8. 언어 이전의 세계(본래의 세계)와 언어 이후의 세계(허구)를 대조(병치)하는 시.
9. 고전 시가와 현대시를 비교·대조하는 시(병치법).
10. 불확정성, 중첩성을 띤 시(一卽多, 多卽一의 시)

〈제작 방식면〉: 릴레이식 시.

3. 결론

본 시학의 토대는 철학 일반과 개별 철학, 문예사조 등에서 취하였다. 그 핵심은 불이不二다. 둘이면서 하나라는 사상이다. 현상은 둘이되 본질은 하나라는 사상이다. 대립의 통일과 같은 뜻이다. 이것은 진리다. 그래서 나는 이것이 시의 내용이고 형식이 되어야 한다고 생각하여 불이의 시학이라 명명하였다. 여기에는 평등사상과 인연사상이 포함되어 있다. 그 구체적인 내용은 위에서 상세히 설명하였다.

그리고 이 시학을 전위시에 확대·적용하여 새로운 전위시의 방향과 방법을 추가적으로 제안하였다.

  무엇이든 확정적인 것은 없다. 시도 시론도 마찬가지다. 그래서 필자는 앞으로도 이러한 방향과 방법을 계속적으로 개발하고 보완할 생각이다.